舞妓Haaaaan!!!《まいこは――ん》

宮藤官九郎

角川書店

ブックデザイン＊都甲玲子（角川書店装丁室）

目次
◉

舞妓Haaaaan!!!

シナリオ

宮藤官九郎

1◉オープニング

京都第六の花街、夢川町
三味線の音
大勢のカメラ小僧が上手から下手へ全力疾走していく

＊　＊　＊　＊

三味線を爪弾《つまび》く芸妓

＊　＊　＊　＊

大勢のカメラ小僧が下手から上手へ全力疾走していく

＊　＊　＊　＊

身支度をしている舞妓《まいこ》

＊　＊　＊　＊

大勢のカメラ小僧がカメラ方向に全力疾走して来る

＊　＊　＊　＊

おこぼを履く舞妓の足元

＊　＊　＊　＊

カメラ小僧が被写体を見つける

声　「来たぁ――！　どけどけどけえー！」

鬼塚公彦（30）周囲を押しのけ最前列へ出る
ファインダー越し、男衆《おとこし》や先輩芸妓に続いて屋形から出て来る舞妓・駒子
狂ったようにシャッターを切る公彦

公　彦「ひゃあ！　よろしおすなぁ、お人形さんみたいどすわ………こら押さん押さん、今日は駒子はんのお店出しやでえ、喧嘩《けんか》せんと、お行儀ようたのんますえ！」
カメラ小僧「お前が一番うるせえよ」
恍惚《こうこつ》の表情で何度もシャッターを切り
公　彦「ひゃぁ、ひゃぁ、もう死んでもええわあ！」

2◉すず家食品・東京本社オフィス

駒子の姿、そのまま写真になる
パソコンの画面にアップされている駒子の写真
自身のホームページ『ぼんの舞妓日記』を更新している公彦
公　彦「ええ写真やあ、あんまりええから8枚もアップしてもうたわ」
『掲示板どす』というアイコンをクリックする
投稿人ナイキの書き込みを見つけ
公　彦「…（舌打ち）またこいつかよ」

＊以下・パソコン画面の文字と声がシンクロする感じ

ナイキ　「『舞妓いうたら祇園《ぎおん》ちゃいますのん？　なんで夢川町やねん』」

公　彦　「…ふん、これだから素人は」

頭に『管理人』と付けて書き込む公彦

公　彦　「『祇園ばかりが花街とちゃいます、中でも夢川には昔ながらの置屋も多く、お座敷通の間では隠れた人気スポットなんどすえ』」

そばにあるカップ麺《めん》を開封する公彦

ナイキからの書き込みが画面に出る

公　彦　「ん?!（画面を見る）」

ナイキ　「『通の割にはお座敷の写真が1枚もおまへんな。もしかして管理人さん、お座敷に上がった事おまへんのとちゃいますか？（笑）』」

公　彦　「…くそっ、言わせておけば」

と、すかさず書き込む公彦

公　彦　「『たとえ個人のページでも無断で内部の写真を公開するのはマナー違反とちゃいますやろか』……今日はちょっと強めに言ってやろ『そんな事も分からないんどすか?』……どないやねん！」

と、かやく袋を開けて麺の上に

しかしすぐ書き込み

公　彦「ぬお！」

ナイキ「『無断で、言うてる時点でシロウト言うこっちゃドアホ、お馴染みさんやったらお茶屋さんの許可取ってなんぼでも公開できるんとちゃいます？　そんなことも分からないんですか？（笑）』」

公　彦「なんなのこいつ喧嘩売ってんの?!（キーボードを打つ）」

3◉座敷（パソコン画面）

公　彦「『ここは舞妓さん芸妓さんを応援する良心的なサイトどすえ、あなたのような無粋な方は来なくて結構（怒）』」

男　「…ふん、食いつきよったで（と文字を打ち込む）」

4◉すず家食品・東京本社オフィス

カップ麺にお湯を注いでいる公彦

公　彦「おぬ?!」

ナイキ「『能書きはよろし、お座敷遊びも知らん田舎もんが偉そうに（爆）』」

公　彦「…（歯を食いしばり）買ってやろうじゃねえかその喧嘩！」

公彦、キーボードを猛烈に打つ
公　彦「『おたく何者どすか？（恨）』」
すぐにナイキの書き込み
ナイキ「『荒らしでおまんがな（呆）』」
公　彦「んなこたぁ分かってんだよ！」

5◉同・廊下

公彦の恋人、大沢富士子（24）が廊下から覗《のぞ》き込む
頭を掻《か》きむしりながら猛烈にキーボードを打つ公彦
公　彦「（気づかない）」
富士子「へへ…超かっこいぃ」
と携帯のカメラで隠し撮りする富士子

6◉お座敷（随時カットバック）

ナイキのパソコンに公彦（管理人）の書き込み
公　彦「『いい年して（殺）ネット荒らし（殺）なんか（殺）してねえで（殺）文句あん

なら（殺）本名さらせ（殺）ボケ！（殺）カス！（殺）どす』」

公　彦「『何？（殺）』」

男（＝内藤貴一郎）の正面の襖《ふすま》がバンと開くと向こうに芸妓、舞妓がズラリと並んでいる

舞妓・芸妓たち「おこしやすー」

内　藤「（にやりと笑い）」

7◉すず家食品・東京本社オフィス

ナイキ「『お座敷荒らしどす（悦）』」

公　彦「え、悦!?　悦ってなんだあ!!」

公彦、ショックのあまりカップ麺の中身をパソコンにぶちまける

公　彦「熱っ！　熱っ！　あー！　なんやこれ！　あー！　あったあ来た！　行ったろやないけ！　遊んだろやないけえ！　あほんだらあ！」

『管理人プロフィールどす』のアイコンが開く

8◉走る東海道新幹線

テロップ『12年前』

9◉平安神宮

修学旅行生がゾロゾロ歩いている
その中に公彦（17歳）の姿がある

ガイド「はーい、埼玉県立熊谷農林高校3年5組の皆さん、こちらでえす」
生徒1「やっぱ3組のガイドの方が可愛いんじゃねえ？」
生徒2「俺ぜってえ電話番号聞くからよ」
公　彦「ちょっと7班！　7班！　ちゃんとガイドさんの話聞いて下さい、7班！」
生徒2「（舌打ち）お前が一番うるせえよ」
先　生「はい、こっから自由行動な、5時に京都駅集合、解散！」
生徒2「ガイドさんはどこ行くんスかあ？」
公　彦「7班！　7班こっち！」
生徒1「なあ、おっさん坊や、おれ新京極《しんきょうごく》で服見たいんだけど」
公　彦「そんな時間はありませんハイしおり見てえ、7班は八坂《やさか》神社を見ぃの六角堂を

公　彦　見ぃの、その後は湯葉工場を見学して嵐山…おっさん坊や?!……あれ？」
公彦以外いなくなってる
公　彦「あれあれ？　ななはーん？」
公彦以外を乗せた修学旅行バスが走っていく

＊　＊　＊　＊

10◉夢川町、お茶屋通り

公　彦「ななはーん？　ななはーん?!」
クラスメイトを捜しているうちに道に迷ってしまう公彦
公　彦「…ここさっきも来た…（泣く）ななはーん！　ななはーん！」
声　「ぼん、どないしはったん？」
公　彦「ななはん…（振り返り）?!」
屋形から出て来る艶《あで》やかな舞妓・小梅（スローモーション）
公　彦「……」
小　梅「あら、ぼん、泣いてはるの？」
公　彦「……」
小　梅「どないしたん、ぼん、泣いてたら分からしまへんやろ？　ぼん、ぼん」

公彦「……ぼ、ぼ、ぼんぼんぼんぼんぼんぼぼぼんぼん」
小梅「ぼんぼん言うても分からしまへん」
公彦「ここ、どこ？」
小梅「夢川町どす」
公彦「……ぼん（頷《うなず》く）」
小梅「あ、迷子どすか？　そんなら簡単どす、ここまっすぐ行かはったら河原町《かわらまち》通り、烏丸《からすま》通り、堀川通りと並んでますさかい、どこ行っても京都駅に…」
公彦「……白い」
小梅「はい？」
公彦「どうしてそんなに白いんですか？」
公彦NA「これが僕と京都の出会いでした…」

11◉銭湯

脱衣場を貸し切って、舞妓マニアのオフ会が催されている
参加者は冒頭のカメラ小僧たち
公彦のスピーチを熱心に聞いている

公彦「この世にあんな美しい、艶やかな女性がいるなんて…僕は人生観が変わるほど

のショックを受けました」

12◉夢川町、お茶屋通り（回想）

公彦NA「それから僕は夕方までの間に8人の舞妓はんに都合12回も道を教わりました」

何人もの芸妓舞妓に道を聞く公彦

小　梅「せやさかい、ここまっすぐ行かはったら、河原町通り、烏丸通り、堀川通りと並んでますさかい、どこ行っても京都駅に…ぼん、聞いてはる？」

公　彦「……（我に返り）あーそっかそっかそっか、はいはい」

公彦NA「そして夜になり…」

13◉茶屋の勝手口（夜）

玄関先に座ってお茶を飲んでいる公彦

芸妓や舞妓が忙しそうに行き交うのをボーっと眺めている。

座敷から野球拳の嬌声《きょうせい》が聞こえる

公　彦「……」

小　梅「ぼんにはまだ早いわなぁ」

公　彦「…えへへ（照れる）」

小　梅「一人前の大人になったら、なんぼでも遊べるさかいにな（耳元で）そん時はお
　　　姉ちゃんにお花つけとくれやっしゃ」

公　彦「…おは、は、はふん」

小　梅「ほい、おあがり（お菓子を差し出す）」

こまつ「ぼん、今、学校の先生が迎えに来はるさかいになぁ」

公　彦「え？」

14◉夢川町の通り

泣いて抵抗する公彦を引きずって連れて行く教師たち
手を振って見送るこまつ、小梅、芸妓、舞妓

公　彦「イヤだあ！　イヤだああああ！　帰りたくなぁーい！」

15◉銭湯（回想戻り）

公　彦「それからというもの京都が…いや舞妓はん芸妓はんの姿が頭から離れなくなり
　　　ました。早く一人前になって、自分のお金で…野球拳がしたいっ！　しかし一介

のサラリーマンには京都のお座敷に通う経済力はない…そしたら…まーこんな事ってあるんですね～、念願だった、京都支社への異動が決まりました！」

一同、拍手

公彦「おおきに！　ほんまおおきに！（歌）♪京都～大原、三千院～」

参加者「恋に疲れた女がひとり～…」

16◉すず家食品・東京本社オフィス

公彦「お世話になりましたぁ、ほんまお世話になりましたなぁ」

挨拶《あいさつ》回りをする公彦

後輩社員の大下とOL木村が小声で話している

大下「……見てらんないよ」

木村「なにが？」

大下「知らないんスか？　京都支社は『かやく工場』って呼ばれてるんスよ」

木村「かやく工場？」

大下、カップ麺を開封して麺とスープを取りだし

大下「これ東京、これも東京、これ（容器）とこれ（フタ）とこれ（ビニール）も東京で作ってんのに…これだけ京都なんです」

かやくの袋の裏の表示
『製造元・京都府…』
木村「……本当だ、気づかなかった」
大下「バブルの頃は関西に出回る商品を賄ってたんですが、経営難で…それでも社長一人がどーしても残したいって粘って、しょうがねえからかやくだけ京都で作ろうって事で」
木村「要するに左遷なのね…」
公彦「大下はん木村はん、京都にお越しの際は是非お寄り下さい、案内しますよってにウフフフフ」
思い詰めた様子で睨《にら》みつけている富士子
富士子「……」

17◉公彦の部屋

性行為の後、裸で荷造りをしている公彦
公彦「わかんねえ奴だな、ムリ、遠距離恋愛なんて、絶対」
富士子「やってみなきゃ分かんないじゃん」
公彦「ムリ！　京都行ったら行ったで行きっ放しだよ、おまえ我慢できるわけないじゃん」
富士子「できるもん、週末会いに行くもん」
公　彦「ムリムリ！　来んじゃねえよ、てめ何しに来んだよ」
富士子「野球拳？」
公　彦「はあ？　何が悲しくてお前と野球拳しなきゃなんねえんだよ、バカじゃねえの？」
富士子「…じゃ、別れるの？」
公　彦「ま、付き合ってたかどうかも微妙だけどな」
富士子「……」
公　彦「泣くの？」
富士子「…泣かないもん」
公　彦「泣いたら別れるかんな」
富士子「…あうぅ（泣く）」
公　彦「はい泣いた、おしまい」
富士子「やだ！」
公　彦「むり！」
富士子「やだやだやーだ！」
公　彦「ムリムリムーリ！」

富士子「やだやだやだやだやだやだ！　うああ――!!」
泣きながらダンボールの中身を撒《ま》き散らす富士子
公　彦「分かった、じゃあふーちゃんも来ればいいじゃん」
富士子「え？」
公　彦「実家京都だろ？　市内だっけ」
富士子「…その事なんですけど」
公彦、地図帳の京都のページ開く
公　彦「どこだっけ？　祇園の近く？」
富士子、京都と三重の県境を指し
富士子「ここ」
公　彦「…三重じゃん」
富士子「住所はね、でもほら、京都とくっついてるもん」
公　彦「…三重じゃん」
富士子「京都弁喋《しゃべ》れるもん、京都のTV入るもん、父さん京都で働いてるもん」
公　彦「三重じゃん、三重じゃん、三重じゃん！」
富士子「あー三重よ！　三重の女だよ！　京都なんか2回しか行った事ないよ！　なに？　京都出身だから、公ちゃん私と付き合ってたの？」
公彦、後ろから富士子を抱きしめる

公　彦「なんでウソついたの？　京都の女じゃなかったら嫌いになるとでも思ったの？」
富士子「……公ちゃん」
公　彦「バカだなあ、京都の女じゃなかったら嫌いになるに決まってるだろ」
富士子「…うん……え？」
公　彦「そりゃそうですよ、あなたから京都を取ったら一体何が残ると言うんですか？鼻の毛穴の黒ずみも枝毛もくせっ毛も歯ぎしりも、これぜんぶ京都の女だと思って我慢して来たんですからね、京都の歯ぎしりと三重の歯ぎしり、これ全然ちゃいますからね」
富士子「……ひどい」
公　彦「どっちがひどいか！　まず僕のこと、女を出身県で差別するような男だと思ってた君に幻滅や、そんでもって僕が、女を出身県で差別するような男だった事に幻滅や、あーもう醒《さ》めた、今この瞬間から君と僕は赤の他人…」
富士子が突然、右手を公彦の股間に伸ばす
思わず手でガードする公彦
公彦の手にハサミが刺さっている
公　彦「…なにしてくれるんですか？」
富士子「ぎぃやあ――――!!」
公　彦「ぎぃやあ――――!!」

18◉走る新幹線

19◉すず家食品・京都支社・生産管理部

社員の前で挨拶している公彦（手に包帯）
隣にジャンパー姿の部長・先崎

公彦「……というわけで本日づけで東京本社から異動になりました鬼塚公彦です、心機一転頑張りますよってに、よろしゅう頼んます」
先崎「皆さん仲良くしたってね、はい、作業に戻って！」
本社とは違い、社員は白髪の老人やパートのおばちゃんばかり
社屋も安っぽく、どこかうら寂しい
公彦「先崎さん、先崎さん」
先崎「はい、なんでしょ」
公彦「あのー…歓迎会みたいなもんはないんでしょうかに」
先崎「だれの？」
公彦「僕の」
先崎「ああ、やりまひょか」

公　彦「すいません催促したみたいで、ふふ、で、やっぱりこの辺だとお店は…」
先　崎「まあ、祇園か夢川町か」
公　彦「きぃやあ―――!!」

20◉お座敷（公彦の妄想）

公彦が芸妓と野球拳している

芸　妓「♪やぁきゅうう〜す〜るならぁ〜、こぉゆう具合にしやさんせぇ」
公　彦「アウト！　あセーフ！」

21◉カラオケボックス（妄想戻り）

先　崎「よよいのよいっ！」

パートの良江と先崎が野球拳している

先　崎「勝った勝ったぁ！　さあ良江さん、ぬーげ！　ぬーげ！」
社員達「ぬーげ！　ぬーげ！」
良　江「靴下もあり？　靴下もありやろかぁ」
先　崎「こんな事言うてますけど、どないしますぅ？」

公　彦「（激怒）どっちでもいいよ！」
先　崎「…え？」
公　彦「…や、すんまへん……あまりにあの……楽しくて……祇園にカラオケボックスがあるなんて…あは、知りませんでした」
良　江「コンビニもスーパーも、ディスコもあるのよ」
先　崎「そうだ、先月オープンしたキャバクラな、現役レースクイーンがおるらしいて、ぐいぐい食い込んでるらしいて、放っといたら血が出るまで食い込むらしいで、なあ鬼塚くん、行って食い込みストップせな鬼塚くん……あれ？　鬼塚くん？」

22◉夢川町の近く（夜）

走って逃げて来る公彦
公　彦「ふう…冗談じゃねえ、何が悲しくて京都でレースクイーンと遊ばなきゃなんねんだよ…」
『夢川町へおいでやす』の提灯《ちょうちん》が目に入る
通りを入ると、そこは夢川町の町並み
お座敷に向かう芸妓、舞妓がちらほら見える
公　彦「…はあ…これやこれ、12年目の春どすえ」

茶屋の提灯を発見して色めき立つ公彦

公　彦「えーい、一人で行ったれ！」

と茶屋の暖簾《のれん》をくぐろうとするが

公　彦「ストップ！」

23◉パソコン画面（公彦の脳内世界）

『システムと料金どす』のアイコンが開く

パソコン上の文字

『一回のお座敷代は、銀座のクラブよりもリーズナブルどす』

24◉銀行のＡＴＭ

キャッシュディスペンサーで現金を引き出している公彦

公　彦「銀座行った事ねえから分かんないけど……10万ありゃ足りんだろ！」

25◉夢川町の街

再び緊張の面持ちで茶屋に入ろうとする公彦

公　彦「ストップ鬼塚！　万が一…万が一アフターなんて事になったら…」

＊　＊　＊　＊

『アフターどす』のアイコンが開く

パソコン上の文字

『花街の界隈《かいわい》にはお洒落《しゃれ》なワインバーなどもあります』

26◉銀行のＡＴＭ

現金を引き出す公彦

27◉夢川町の街

欠番

28◉お洒落なワインバー

駒子とワイングラスを傾けている公彦
公彦は着古したスーツを着て恐縮している
離れた場所から見ていた、もう一人の公彦が

公　彦「スーツ、あれで大丈夫か?!」

＊　＊　＊　＊

パソコン上の文字
『高価でなくとも、せめてブランド品を身につけましょう』

29◉消費者金融の無人契約機

身分証を提示し、一気に数十万借りる公彦

30◉茶屋『卯筒』・前

新調したスーツで立っている公彦

公　彦「世話焼かせやがって…（深呼吸）よし、ＧＯ！」

31◉茶屋『卯筒』・玄関

のれんをくぐって入って来る公彦
下足番の男、玄太が声をかける

玄　太「いらっしゃいまし」
公　彦「まだやってますよね（と靴を脱ぐ）」
玄　太「ちょ、ちょっとお待ち下さい、お兄さんお名前は」
公　彦「名前？　ああ、鬼塚、鬼塚」
玄　太「鬼塚はん…（と帳簿を見る）はて、伺っておまへんけど」
公　彦「ええ、いま初めて言いました」
玄　太「…ははは」
奥から女将《おかみ》・こまつが出て来る
こまつ「お客さん、東京の方？　お茶屋遊び初めてどすやろ」
公　彦「え？」
こまつ「すんまへんな、うちとこ、一見《いちげん》さんはお断りなんどす」
公　彦「…いちげんさん？」
こまつ「うちだけやおへん、京都のお茶屋はどこも一見さんお断りどすえ」
公　彦「……僕、鬼塚ですけど」

玄　太「はい？」
公　彦「鬼塚です、一見さんじゃなくて鬼塚さんです」
　玄太とこまつ、顔を見合わせ
玄太・こまつ「……うふふふふ」
公　彦「うふふふふ……あっ!!」

＊　＊　＊　＊

　パソコン画面『一見さんお断り』のアイコンが開く
　パソコン上の文字
『安心して遊んで頂くために、京都のほとんどのお茶屋は一見さんお断りです』

＊　＊　＊　＊

公　彦「(舌打ち)…忘れてた、浮かれて、忘れてた！」
玄　太「そういう事ですんで…」
公　彦「怪しいもんじゃないんです、お金ならあるんです、ほら、ほらほら！」
こまつ「お引き取り願いますやろか」
公　彦「え？」
こまつ「玄関先で財布広げるような無粋な人にお茶屋遊びは分かりまへんわ」

32◉別の茶屋の玄関

女将Ａ「誰かの紹介がないと一見さんは…」

33◉また別の茶屋の玄関

女将Ｂ「一見さんはちょっと」

34◉またまた別の茶屋の玄関

女将Ｃ「すんまへんなあ、一見さんは…」

35◉茶屋の外

ヘロヘロになって出て来る公彦
茶屋からそれぞれ下足番と女将が現れ「一見さん」「一見さん」と歌いながら出て来る
公彦、頭を抱えて歌い出し、そこからなんかミュージカルに

公　彦「…あ…あ…♪アイム・ジャスト・ア・一見さ――――ん！」

【歌　詞】

ああ、僕は一見さん
名前さえ無いヨソモノ
野球拳どころか
靴も脱がせてもらえない

この資本主義の現代日本で
お金で入れないお店があるなんてAH

一見さん一見さんお断り
それがこの町のルール
一見さん一見さんお帰り
つけ入る隙もないどすえ

36◉すず家食品・京都支社・生産管理部

ため息をつきながらラーメンで汚れたパソコンを拭《ふ》いている公彦

公　彦「こんなんじゃあ、何のために京都に来たのか分かんねえよ、一生かやく作って生きるのか、かやく社員か俺は。あ～あ、せめて常連客の知り合いがいれば…ん？　…んん?!」

パソコン画面を拭くと、写真の隅に偶然初老の男性が写っている

公　彦「このおっさん…なーんか見た事あるぞ、ん？　ん？　ん？　誰だっけ…えーと誰だっけ…（じっと見て）知らないや」

カメラ引くと公彦の背後の壁に社長・鈴木大海の肖像画

公　彦「あっ！（振り返り）うちの社長だ！」

背後のテレビにコマーシャルが流れる

社長自ら出演している自社製品のＣＭ

女性タレント「チャーシュー麺は数あれど本当に美味《うま》いのは、すず家だけ！　ですよね？　社長」

鈴　木「もちろんそうだっ！」

公　彦「あっ！」

ＮＡ「すず家の元祖チャーシュー麺！」

37◉夕景の五重塔

38◉京都のホテル

ハイヤーに乗り込む鈴木
すかさず反対側のドアを開けて乗り込む公彦
公彦「失礼します、すず家食品社長、鈴木大海さまでいらっしゃいますよね」
鈴木「もちろんそうだ」
公彦「お疲れ様ですっ！（運転手に）夢川町までやってちょうだい」
鈴木「やんなくていいよ、何なんだ君は」
公彦「あっ、申し遅れました、私、すず家食品入社10年目、現在は京都支社生産管理部でお世話になっております鬼塚と申します、えー本日ですね、京都滞在中のですね、社長の身に何かあってはいけないと言う事で、本社の方から警護するようにとのお達しがあ――――」
走り出すハイヤーから投げ出される公彦

39◉夢川町の入口

走るハイヤー
横道からボロボロの公彦が飛び出し立ちはだかる

公　彦「ぜえ……ぜえ……嘘です……すいません嘘つきました……」
鈴　木「……」
ハイヤーから降りて歩き出す鈴木の後を追いながら
公　彦「あのですね、私、恥ずかしながら17の時からお座敷遊びに憧《あこが》れておりまして、だけどほら、一見さんお断りじゃないスか、こっちに知り合いもいないし、そしたらんまーこんな事ってあるんですねえ、たまたま私がやってるホームページの写真にですね、社長のお姿が写ってまして、これはお供するしかないと…」
鈴　木「君と私は知り合いかな？」
公　彦「ええ、ええ、同じ会社の社長とかやく工場の末端社員という縁で」
鈴　木「知り合いじゃないよね」
公　彦「はい、はい、ですけど芸妓さん舞妓さんに懸ける情熱だけは誰にも負けません！　どうか！（土下座）今夜だけで結構です、どうかお供を」
鈴　木「……気に入った！」
公　彦「?!」
鈴　木「…とでも言うと思ったか、このバカものが」
公　彦「……えー」
鈴　木「何だ土下座なんかして、気持ち悪い、ここは信用がものを言う社交場だよ、君を紹介するという事は、金銭面も含めてここでの君の行動全てに責任を持つって事なんだよ」

公　彦「へーそうなんスかぁ」

鈴　木「それがお座敷遊びのルールなの、だから信用できる人間しか連れてかないの、分かる？」

公　彦「はいはい、では私はどうしたら信用して頂けるんでしょ」

40◉茶屋『卯筒』・玄関

鈴　木「簡単だよ、仕事で結果を出せばいい、情熱とか暑苦しいのはどーでもいいんだよ、結果を出して私を儲《もう》けさせてくれたらいくらでも…」

公彦「へーへー」とか「はいはい」とか相槌《あいづち》を打ちながら、さりげなく靴を脱ぎ、入ろうとする

玄　太「（鈴木に）社長はん、おこしやす」

公　彦「あ、一緒だから」

41◉茶屋『卯筒』・前

鈴木の声「一緒じゃないっ！」

外にはじき飛ばされる公彦
茶屋から舞妓芸妓たちが歌いながら出て来る

舞妓・芸妓「♪一見さん」

公　彦「うっせえ！　分かってんだよ！」
芸妓、舞妓ひっこむ

公　彦「……出しゃあいいいんだろ、結果、出したろやないけ！」

42◉すず家食品・京都支社・会議室

ドアを勢いよく開けて入ってくる公彦

公　彦「ちょっと！　何さぼってんスか！　結果！　結果！　結果を出しますよ結果！　いいですか？　東京の連中がここを何と呼んでるか知ってますか？　かやく工場ですよ、悔しくないんですか？　かやくはカップ麺の主役です！　主役工場なんです！」

一　同「……」

公　彦「はい今ウマイこと言いました！　次はウマイもん作りましょう！　京都発のオリジナル商品を作りましょうよ！　結果出して行きましょうよ！」

先　崎「ではどうぞ」

公　彦「え？」
先　崎「え？　プレゼンしにきたんじゃないの？」
ホワイトボードに
『平成19年度企画プレゼン会議』の文字
先　崎「一応会議中なんだけど」
公　彦「え？　ええ、えーとね…じゃあ消費者の声を聞きましょう！」

43◉京都の名所

デジカメを手に街頭インタビュー風に舞妓さんを呼び止めインタビューする公彦
公　彦「ちょっとすんまへん、カップ麺の街頭調査なんやけど」

44◉パソコン画面（動画）

舞妓A「最近のは種類が多すぎてよう分からしまへん」
舞妓B「所詮《しょせん》お店んとは別もんやし、ヘンに頑張ってもしゃあないと思います」
舞妓C「美味しかったらなんでもええんちゃいます？」
舞妓D「太るさかい食べへんわ」

舞妓E「急いでますさかい」

45◉すず家食品・京都支社・生産管理部

公　彦「(うっとり) はあ…舞妓はんもええけど、仕込みの子もシンプルでええなあ、素材がよければ飾る必要おまへん、シンプルイズベストや、アップしとこ…って、これじゃ結果出せないよっ！」

とパソコンを閉じ頭抱えるが、すぐに立ち直り

公　彦「…シンプル？」

46◉同・会議室

公　彦「と言うわけで、かやく入れるのやめました」

社員の目の前にスープだけのカップ麺が並んでいる

良　江「なめとんのか」

公　彦「え？」

先　崎「思い切ったアイデアだとは思うよ、でも鬼塚くん、かやくは入れようよ、でなきゃみんな失業しちゃうよ」

公　彦「入れますよ、はいこちら！」
と一個一個パッケージされたかやくを出す
公　彦「かやくを別売りにするんですよ、消費者の皆さんには入れたい具を選んで買って頂くと、ダイエット中のお母さんはネギだけとか、スタミナが必要なお父さんは思い切って全部乗せとかね」
社員達「おお～」
先　崎「でもコストは大丈夫なん？」
公　彦「ご安心下さい、何も入ってない麺とスープが小売価格100円、そこに例えばネギとメンマが10円、チャーシューが3枚ひと組で50円しめて…170円、当社のチャーシュー麺とコスト価格ともに変わりません、しかもこれ食べてみて」
とチャーシューを単体で先崎に食べさせる
先　崎「うまいやん、酒のつまみにもええわ」
公　彦「そーでしょ、これだったら単体でも売れるでしょぉ」
先　崎「なるほど、確かにかやくが主役のカップ麺だ」
良　江「名前は？　名前なんにしよ」
公　彦「具はあんさんの好きにしたらよろし、という意味で『あんさんのラーメン』です」
良　江「うちのラーメン…」

公　彦「いえ、あんさんのラーメンです」
先　崎「僕のラーメン」
公　彦「いえ、あんさんのラーメン」
老社員「ワシの…」
公　彦「もおいいよ！　どうでしょう先崎部長」
先　崎「100点！　早速サンプル作って本社に売り込もう！　京都発のカップ麺の誕生や！」
一　同「うおおお――――！」

47◉研究室

公彦の主導のもと、試食と改良を繰り返す京都支社の社員たち
公　彦「ダメ！　味が濃すぎる！　やりなおし！」
カレンダーや、積み上げられる空き容器、割り箸《ばし》、公彦の無精髭《ぶしょうひげ》で時間経過させつつ過程を見せて行く

48◉すず家食品・東京本社・屋上（研究室とカットバックで）

富士子、紙パックのジュースを携帯電話に見立てて

富士子「もしもし…富士子です、元気ですか？　ていうか、こないだごめんね…やっぱり…公ちゃんの事が忘れられません」

＊　＊　＊　＊

公　彦「はい眠くない、眠くないよお！　次はメンマ！　その後はナルト！」

＊　＊　＊　＊

富士子「（暗く）…もしもし…富士子は今…富士の樹海にいます…死のうと思います」

＊　＊　＊　＊

公　彦「はい玉子通りまぁす！　玉子通りまぁす！」

＊　＊　＊　＊

富士子「（やけに明るく）もしもしぃ？　あ、あれ？　やだ間違えた間違い電話ハハハ、ところで元気ぃ？　…よし、これで行こう！」

と紙パックを携帯に持ち替えて発信する

＊　＊　＊　＊

研究室の机の上、公彦の携帯に着信

手が伸びて携帯を摑む

＊　＊　＊　＊

富士子「……あ、もしもし？　やだ間違えた…」

電話切れている

＊　＊　＊　＊

先崎が公彦の携帯をパチンとたたむ
公　彦「誰から？」
先　崎「間違い電話」
公　彦「あっそ」
良江が試作品を持って来る
公彦、一口食べて
公　彦「…これだ！」
一　同「やったあぁっ!!」
床に倒れて爆睡する公彦

49◉ＴＶ画面（ＣＭ）

美味しそうに湯気を立てているカップ麺
女性タレント「すず家の新製品、あんさんのラーメン、あんさんはもちろん全部乗せ、ですよね社長？」
鈴　木「もちろんそうだ！」

50◉京都駅前〜スーパー前

公彦と先崎が自ら店頭販売している
棚に積まれた『あんさんのラーメン』と『あんさんの具』が飛ぶように売れる

公　彦「あんさんのラーメンはあんさんの自由！」
先　崎「全部乗せても300円！」

51◉東京のスーパー前

『あんさんのラーメン』のノボリの下、店頭販売（計算係）をやらされている富士子

木　村「はいこちらのお客様、ネギ、メンマ、もやし、玉子とチャーシュー」
富士子「（電卓打ちながら）えっとえっと…麺とスープで100円でしょ…ネギが20円でしょ…」
大　下「ネギとメンマは10円」
富士子「はいはい、ネギとメンマで10円」
大　下「違う！　ネギとメンマで20円！」
富士子「ネギ20円」
大　下「だからネギは10円！　メンマも10円！　もやしは30円！」

富士子「10円10円30円50円50円100円で…1万150円です」
大　下「なんで！」
富士子「あーもう無理！　無理です私！　崩壊！」
　と小銭を撒き散らし泣きながらスタスタ歩き出す

52◉すず家食品・京都支社・生産管理部

　壁に張り紙『祝！　あんさんのラーメン1000万食突破！』
公　彦「結果出ましたっ！」
社員達「（拍手）」

53◉茶屋『卯筒』・玄関

鈴　木「料理はもちろん芸妓も舞妓もトップクラスを揃えておいた」
公　彦「てことは野球拳もアリどすか？」
鈴　木「もちろんそうだっ！」
公　彦「きゃあ！　もう頼もしいっ！　自分、女だったら社長の愛人になるっす！」
　靴を脱いで上がる

下足番の玄太、公彦の靴を手にして

玄太「（静かに）お客さん、言いにくいんですが…今すぐ病院に行ってください」

公彦「はい？」

玄太「私はもう40年下足番をしております、靴を見ればお客様の健康状態が手に取るように分かるんどす」

公彦「ちょっと…ヤな事言わないでよ、不眠不休で頑張ったご褒美なんだから」

玄太「どうりで…ストレスと寝不足で体ボロボロどすわ」

公彦「……」

玄太「悪いこと言いません、見てもろて下さい、ええ病院知ってますよってに」

公彦「…ほっときましょ、こんなジジィ…（去りかけるが）マジで？」

54◉病院の診察室

医師「胃に穴が空いてるね」

公彦「……」

医師「尿管結石にヘルペスもあるね、ストレスと寝不足で体ボロボロだよ」

公彦「…頑張りすぎた」

医師「即手術」

公　彦「いやあ――――！」

55◉病院の廊下

ストレッチャーに乗せられ手術室に押し込まれる公彦

56◉パソコン画面

トップ画面に『管理人病気療養中につき、しばらくお休みします』
『舞妓になりたいあなたへ』のアイコンが開く

57◉夢川町の通り

大きな荷物を抱えた富士子、ガイドブックを見ながら歩いて来る
玄太が顔を出し

玄　太「どないしはったん？」
富士子「あ、あの、舞妓になりたいんですけど…やかたってどこですか？」
玄　太「…あんた幾つ？」

58◉置屋『ななふく』・居間

女将・さつきの面接を受けている富士子

富士子「18です」

さつき「24、5て事にしとこか」

富士子「4です」

さつき「動機は？　借金かいな」

富士子「いいえ…えっと」

59◉同・化粧部屋

着物に着替えた富士子がさつきに連れられ入って来る

数人の舞妓、芸妓が化粧している

さつき「ちょっと聞いとくれやす、新しい仕込みさんどすえ、挨拶して」

富士子「大沢富士子です、24歳です、心機一転頑張りますので諸先輩方…」

小　梅「堅い堅い、屋形のお姉さん言うたら家族なんどすえ、もっと可愛らしゅうして」

富士子「お姉さんって…皆さんどう見ても年下…」

さつき「年下でも姉さんどす、それからウチの事は『お母さん』呼んどくれやす、駒子お姉さん」
駒　子「はい」
さつき「あれウチの娘」
富士子「…かわいい」

60◉夢川町の通り

駒子にくっついて歩く富士子
富士子「あの…駒子お姉さんは」
駒　子「駒子さん姉さんどす、目上の人には名前の後にも『さん』を付けるんのどすえ、うっとおしいけどな、そう呼んどくれやす」
富士子「すいません、えと、駒子さん姉さんはお幾つですか？」
駒　子「19どす」
富士子「…ああ（小声）うちの妹と一緒」
老人が杖をついて歩いてくる
老　人「おお駒子ちゃんやないか、綺麗《きれい》になってえ」
駒　子「そんなん言うて、斉藤はん、ウチにもお花付けとくれやす」

老　人「わっはっは、かなわんなあもお、今度な（去る）」
駒　子「西陣の社長さん、たまぁに御座敷呼んでくれはんのどっせ」
富士子「…あんなヨボヨボの爺さんともするんですか？」
駒　子「する？　…いややわあ、富士子さん、えらい勘違い（笑）」
富士子「だって…」
駒　子「うちら風俗嬢ちゃいます、美味しいもん食べて、お酒飲んで、唄って踊って遊んで、それでしまいどす、そこらの地べたにしゃがんでる女子高生より、うちら身持ちが堅いんどすえ」
富士子「…なんだ、そうなんだ」
駒　子「お客はんと一緒になるつもりやったん？」
富士子「え、あ、いや、まあ、一応その位の覚悟で…」
駒　子「着きましたえ」
目の前に『夢川女学園』の看板

61◉富士子の修業

駒子ＮＡ「仕込みの半年間はこの学校で舞踊と三味線と鼓とお唄のお稽古《けいこ》、その合間に行儀作法、茶の湯や生け花の勉強もしてもらいます、置屋に戻ったら掃除、洗濯、

台所仕事、使い走りやお姉さん方の身の回りの世話もあります、同時に着付けやお化粧の勉強にもなりますさかい、あ、そうそう、京都弁とうちらが使う花街言葉は別もんやさかい、それも覚えてもらいます、お姉さん方がお座敷から帰って来はるのが大体午前0時、お姉さんの後にお風呂頂いて、寝るのは…まあ2時過ぎやろか、翌朝は10時からまた学校で舞踊と三味線の稽古、見習いの間はお休みありませんので…」

ナレーションに沿って修業する富士子

舞踊の稽古ではお師匠さんに叱られ、三味線でまた叱られ

襖《ふすま》の開け閉めや歩き方を注意され……

掃除、洗濯、台所仕事、お使い……

お姉さん方の化粧と着付けの手伝いで失敗……

言葉遣いを何度も正され、お風呂につかりながら、寝てしまい……

夜食に『あんさんのラーメン』を食べながら悔し涙を流し……

倒れるように布団につくと叩き起こされ舞踊の稽古……

62◉病院の診察室

医　師「胃に穴が空いてるね」

富士子「……がんばりすぎた」
医　師「即手術」
富士子「いやあ――！」

63◉病院の廊下

手術室に送り込まれる富士子
直後にその前を軽い足取りで歩いて行く公彦
看護婦から花束を受け取り笑顔の退院…

64◉茶屋『卯筒』・玄関

鈴木と公彦が入って来る
鈴　木「料理はもちろん芸妓も舞妓もトップクラスを揃えておいた」
公　彦「そのセリフ二回目、うふふふ」
鈴　木「大丈夫なのか？」
公　彦「ええ…病み上がりで若干フラフラしますが始まってしまえば…」
公彦、玄太に対して自分の回復ぶりを誇示しながら玄関に上がる

公　彦「…おお」
以下・カメラは公彦の主観
出迎えたこまつが、座敷に案内する
三味線の音や舞妓芸妓の嬌声が聞こえてくる
踊っている舞妓の姿が障子に映る
廊下を進むにつれて心拍数が上がる公彦

65◉同・座敷

ガチガチに固まって、何故か涙を流している公彦
鈴　木「まずは快気祝い…（とビールを注ごうとして）どうしたの」
公　彦「…自分もう帰ります！」
鈴　木「おい、まだ始まってないぞ」
公　彦「だって…始まるって事は終わっちゃうって事じゃないスか、第一始まっちゃったら自分どうなっちゃうか…ていうか自分どうなってます?!」
鈴　木「ああ、なんとか座ってるよ」
公　彦「座ってる?!（立つ）」
鈴　木「立ったよ」

公彦「えーっ?! (立ったり座ったり)」
鈴木「落ち着けよ、もうすぐ京都で一番人気の舞妓芸妓が来るんだぞ」
公彦「来るって事は帰っちゃうって事じゃないスか！」

芸妓姿の小梅が襖を開けて入ってくる

小梅「失礼しますぅ」
公彦「いやあ――――！」
小梅「けったいなお兄さんどすなあ、ウチそんな怖い顔してます？」
公彦「…あの…あのあの、僕の事お、覚えてませんか？」
小梅「…いや、修学旅行で迷子になってはった」
公彦「きゃあ――！　なーんで覚えてるんすかー！」
小梅「ウチら花街の女はいっぺんお顔見たら忘れしまへんさかい、気をつけやす、それにしてもまあ立派んならはって」
公彦「お、お姉さんも、なんか大人っぽくなって」
小梅「あの時分は舞妓どしたさかい、だいぶ前に襟替えしたんどす」
公彦「襟替え？」
鈴木「舞妓が芸妓になる事、より大人の女になったって意味だよ」
公彦「きゃあ！　大人の女、ええどすなぁ」
声「えらい遅ぅなりましたぁ」

小　梅「あ、すんまへん、お名指しやった豆福さんが他の座敷に行ってはって、代わりの舞妓はんどすけど…」

と駒子が入って来て

駒　子「駒子どす」
公　彦「ぎぃええ―――！　こ、こ、駒子はん…」
駒　子「いや、どこぞでお会いしましたかいな…ああ、お店出しの日にお写真」
公　彦「撮りました、バッシャバシャ撮りました！　なんで覚えてるんスかもー！」
鈴　木「これがトップクラスの実力だよ」
駒　子「ささ、どうぞおひとつ（と徳利《とっくり》を差し出す）」
公　彦「いえ…自分病み上がりなもんで、これで」

とポットを出す

駒　子「なにが入ってます？」
公　彦「お、お、お番茶です」
駒　子「ほな、お酌しまひょ」
公　彦「ぎゅええ―――!!」
小　梅「お兄さん、そんな叫ばはったら死なはりまっせ」
公　彦「お、おねがいします…」

以下、お酌なんかしながら

小梅「どやった、あの子」
駒子「ええ、手術は成功しはったそうで（鈴木に）新人の子、ストレスで胃に穴が空いてしもうて、お見舞いに行ってきたんどす」
鈴木「奇遇だねえ、こいつも胃に穴あいて手術したんだよ、なあ」
公彦「……」
小梅「聞いてます？」
公彦「ええ、全く聞いてませんので…どうぞ」
鈴木「……」
公彦「え、聞いた方がいいですか？」
鈴木「…別にいいけど、なんか喋りなさいよ主役なんだから」
公彦「じゃあ野球拳やりましょうか」
鈴木「いきなりすぎるよバカ、まだ5分も経《た》ってないだろ」
公彦「じゃあ何時頃…」
鈴木「時間でやるもんじゃないの、『興が乗ったら』って言葉があるだろ？　酒が入って、くだけた雰囲気になったら自然発生的に、ねえ駒子ちゃん」
駒子「おもしろい人（笑）」
公彦「やった！　くだけた！　はい♪やあぁきゅう〜…⁇」
　地方が三味線を鳴らし、それを合図に駒子が立ち上がる鈴木「ほお、祇園小唄だな」
駒子が小梅の唄と三味線に合わせて優雅な舞を披露する
公彦「……わあ」

66◉公彦のイメージ

見入っているうちに駒子への妄想を馳《は》せる公彦

＊　＊　＊　＊

海辺。海パン姿の公彦と舞妓姿の駒子が、波打ち際を楽しげに走っている

＊　＊　＊　＊

スチール構成（？）で、駒子と過ごした一生が妄想される
結婚式。タキシード姿の公彦と舞妓姿の駒子
ベビー誕生。笑顔で赤ん坊を抱く公彦と舞妓姿の駒子
子供の入学式。人生に疲れ始めた公彦と舞妓姿の駒子
子供の結婚式。号泣する公彦と舞妓姿の駒子
銀婚式。年老いた公彦と舞妓姿の駒子
など…そんなイメージ？

＊　＊　＊　＊

臨終の公彦。その顔に白布をかける舞妓姿の駒子

＊　＊　＊　＊

と、突然ドカンという音がして現実に引き戻される公彦

67◉茶屋『卯筒』・座敷

襖ごと部屋に倒れ込んで来る半裸の内藤貴一郎

内藤「ああ、すんまへんな、ちょっと酔ってもうたわ」

一同「……」

内藤、フラフラと襖を立てかけ

内藤「どうぞ続けて下さい、ほな（去る）」

地方、三味線を弾こうとするが

公彦「ストップ！」

鈴木「今の、確かプロ野球の内藤貴一郎」

公彦「そんなのどーでもいい、あいつ明らかに僕らより楽しんでました、野球拳してましたよ、ね、ね、ね」

内藤、ベロベロに酔って戻って来て

内藤「野球選手が野球拳やったらあきまへんの？　ん？」

鈴木「やっぱりだ、神戸グラスホッパーズの内藤…ん？　豆福！」
一番人気の舞妓、豆福が奥から現れ
豆福「すんまへんな鈴木のお父さん、こっちもうすぐお開きやさかい…」
公彦「あ、あれが、一番人気の」
豆福「豆福どす」
公彦「ぎゅうえええ――――！」
内藤「何言うてんねん今からや、良かったら管理人さんも合流しまへんか？」
豆福「あかん、迷惑してはるし」
公彦「ぶるぶるぶるぶる（と首を横に振る）」
内藤「新人舞妓が9人おりまんねん、けけけ、もうすぐ打者一巡ですねん」
豆福「いややぁ」
公彦「くーっ！　社長、ここは涙を飲んで吸収合併された方が…」
鈴木「じゃあお言葉に甘えて…」
公彦、立ち上がりかけた鈴木を突き飛ばし
公彦「管理人?!」
内藤「遅いわボケ」
公彦「な、な、なんなんで貴様それを」
内藤「ホームページにわがの写真ぎょうさんアップしとるやんけアホみたいに」

公彦「…内藤…貴一郎…内…貴一郎…ない…き」

＊　＊　＊　＊

フラッシュバック
掲示板のナイキの書き込み

＊　＊　＊　＊

公彦「貴様ナイキか！」
鈴木「知り合いなの？」
公彦「僕のサイト荒らしまくってる犯人ですよ」
小梅「鬼塚はん、ホームページやってはるの？」
公彦「え、まあ…」
内藤「オタクやがな気色の悪い、舞妓やら芸妓やら隠し撮りしてニヤニヤしてまんねん。気ぃつけなはれや、今日も隠しカメラで撮られてまっせ」
公彦「ニヤニヤなんかしてねえよ！」
内藤「客選ばなあかんわ駒子、こない品のない田舎もん相手にしとったら、お座敷が荒れるで」
駒子「……」
内藤「ぼん、お座敷遊びの基本中の基本、教えたるわ」
公彦「ぼ、ぼん？」

内　藤「ええ思いしよ思うんなら…のし上がるこっちゃ」
内藤、芸妓の襟に手を突っ込んで胸を揉《も》んでいる
内　藤「お馴染みも一見さんもあれへん、銭払うたら何してもかめへんねん」
公　彦「ぎい！　ぎい！　ナマ乳！　社長！　ナマ乳！　社長！　ナマ社長！」
鈴　木「落ち着け！」
内　藤「…せいぜい頑張りや、ぼん、また覗かせてもらいますよって、あんさんの変態ホームページ、ほなな」
去っていく内藤
公彦、怒りにブルブル震えながら手酌で酒をあおる
駒　子「…鬼塚はん」

68◉すず家食品・京都支社・生産管理部（日替わり）

公　彦「…ナイキ…殺すっ！」
公　彦（心の声）「くそお…もうちょっとで野球拳できたのに、楽しかった筈《はず》の夜が…あいつのせいで台無しだっ！　ん?!」
先　崎「鬼塚くん、昨夜はどうやったん」
公　彦「…ぶっ殺す！」

先崎「え？」

公彦（心の声）「待て待て、相手は超のつく有名人だぞ、張り合ってもしょうがないじゃないか…んぬ?!」

先崎が持っているスポーツ新聞を奪う公彦
『内藤、来シーズンもMVP確実や！』『神戸の豪腕、年俸30％アップ！ 推定8億でサイン』etc.

先崎「あ、そう言えば鬼塚君、『あんさんのラーメン』台湾と韓国で発売決まったらしいで」

公彦「それがどうしたあっ！」

先崎「ええ？」

公彦（心の声）「年俸8億…神戸の豪腕…打者一巡…そしてナマ乳」

公彦「おいおいおいおいおい」

公彦（心の声）「夢にまで見た京都のお座敷…上がれただけで充分じゃないか、今度は自分のお金で行けるように、また仕事に精を出して…」

公彦「…いやいやいやいやいや」

公彦（心の声）「頑張ったところで一介のサラリーマンがプロ野球選手に勝てる訳がない」

先崎「…自分会議の最中に悪いけどな、本社で君を企画部の課長にって話もあるんやて、どうする？　係長飛ばして課長やて」
公　彦「課長って年俸何億なんスか？」
先　崎「なんおくって君…」

69◉バッティングセンター

投球する内藤の映像がピッチングマシンに映っている
怒りに任せて打ちまくる公彦
公　彦「殺す！　殺す！　ころーすー！」

70◉夢川町

退院した富士子が歩いて来る

71◉置屋『ななふく』・化粧部屋

駒子の身支度を手伝っている富士子
駒　子「富士子ちゃん、病み上がりやさかい休みよし」

富士子「へえ、休んだ分取りもどさんと、今日はどちらのお座敷どす？」
駒　子「すず家食品の鬼塚はん言うてな、最近ようお声かけてくれはります」
富士子「?!」

＊　＊　＊　＊

フラッシュ
別れ際の、公彦の言葉が脳裏に甦《よみがえ》る
公　彦「京都の歯ぎしりと三重の歯ぎしりは、これ全然ちゃいますからね！」

＊　＊　＊　＊

富士子「……」
駒　子「一緒に行く？　あんたもじきにお店出しやし、鬼塚はんええ人やさかい安心して勉強できますえ」
富士子「…（思わず）まだ会いたくない」
駒　子「え？」
富士子「明日、舞の試験やし、やめときます」
さつき「富士子ちゃん、目録が届いてますえ」
お店出しを祝う目録を持って来るさつき
『駒富士さん江』
富士子「駒富士さん…」

さつき「あんたの名前どす」
駒　子「ウチの駒の字を取って駒富士、これでウチとあんたが姉妹やいうことが夢川じゅうに知れ渡りまっせ」
富士子「…お姉さん」
駒　子「あんたの粗相はウチの責任やし、しっかり頼んますえ」
富士子「はい」

72◉茶屋『卯筒』・座敷

公彦と駒子、小梅、お座敷遊びしている
とらとら、金比羅《こんぴら》ふねふね、つるつる拳など

公　彦「あー楽しい！　ナムコワンダーエッグの100倍楽しいっす！（泣き笑い）」
駒　子「あはは、鬼塚はん安上がりでええわ」
公　彦「んもー下の名前で呼んどくれやす、公ちゃん呼んどくれやす」
駒　子「公ちゃん、お番茶どうぞ」
公　彦「聞いた？　皆さん聞きました？　公ちゃん駒ちゃんの仲やで、ぎぃえ――！」
駒　子「んもう、それ嫌いやし」
小　梅「いや、鬼塚はん手ぇどないしはったんどす」

公彦の手、血豆だらけである

公彦「あは、なんでもないい（と隠し）時に小梅さん…最近あいつ来てる？　野球バカ」

小梅「内藤さん？　来てますえ、夕べも豆福さんと…」

駒子「ちょっとお姉さん」

小梅「ええやん、お目出度《めでた》い事やさかい」

公彦「なになに？」

小梅「あの人、豆福さんの旦那はんになるらしいわ」

公彦「だんな？」

73◉パソコン画面

『だんな』のアイコンが開く

74◉内藤と豆福の物語（小梅のナレーションベース）

小梅NA「置屋のお母さんに申し込んで特別な関係になること、平たく言えばスポンサーどすな、着物や帯を買い与えたり、歌舞伎に連れてったり、発表会がある言うたら切符買うて配ったり、何でも面倒見はるんです、それが男のステイタス言うんやろか、それだけ男として懐が深いという証《あかし》なんどす」
置屋のお母さんに申し込む内藤
その横には芸妓になったばかりの豆福
我が物顔で豆福を連れて歩く内藤

75◉茶屋『卯筒』・座敷

小梅「このごろは不景気どっしゃろ？　せやさかい帯は誰それ、着物は誰それって複数の旦那はんがつく事が多いさかい、内藤はんのように一人で旦那はんにならはったいうのは、ちょっとしたニュースなんどすえ…」
駒子「公ちゃん、公彦さん？」
公彦、顔を真っ赤にして怒っている
小梅「いや、羨《うらや》ましいの？」
公彦「…う…うら…うらうらうら羨ましい事、あるかいなっ！」
小梅「うそぉ、目が悔しい言うてはりまっせ」
公彦の両の黒目に『悔』という文字が浮かび上がる
公彦「こ、こ、駒子ちゃんには旦那いるの？」
駒子「恐い、公ちゃん」

公彦「よし！　決めた！　公ちゃん、駒ちゃんの旦那になるわ！　旦那宣言や！」
駒子「公ちゃん…」
公彦「こうしちゃいらんない！（と千円札出して小梅に）100円玉にして！」

76◉バッティングセンター

公彦、バッターボックスでナイスバッティングを繰り返す
先崎「ナイスバッティング中、申し訳ないけどね課長、鬼塚課長」
公彦「なんすか？」
先崎「会社来てよ、君とっくに有給使い切ってるよ」
公彦「ああ」
先崎「ああって…今日はね、僕だけじゃないんだよ」
鈴木が現れる
公彦「あーら社長、わざわざすいません」
鈴木、数百万円分の領収書を出す
鈴木「これね、京都のお座敷の支払い」
公彦「うあー、すーごいことになってますね」
鈴木「すーごいことになってますよ、これ言ってなかったかな鬼塚くん、君が遊んだ

分の支払いは、君を紹介した僕のところに毎月回って来るんだよ」
公彦「どおりで、僕一回もお金払ってません、ひゃひゃひゃ（笑）」
鈴木「おかしくない！　あーいうとこは月に1回2回、頑張った自分へのご褒美として行くわけ、毎日ご褒美あげちゃダメ、これじゃ私、破産ですよ」
公彦「…（しみじみ）いやー、こーいう事ってあるんですねえ」
鈴木「なんだよ」
公彦「これじゃ破産ですよ、と仰《おっしゃ》いました？　仰いましたね、はい、そんな社長に儲け話をプレゼントしたい僕なのです！」
鈴木「儲け話ぃ？」
公彦「プロ野球のチーム作りましょう」
鈴木「……」

77◉すず家食品・東京本社・会議室（日替わり）

熱弁を振るっている公彦

公彦「シーズンオフの間に経営不振で球団を手放す企業が2社あるんです。ここはどうでしょう、絶好調の我がすず家食品が名乗りを上げて、京都をホームグラウンドにした球団を作るんです！」

聞く耳を持たない株主たち

鈴木「私も彼の話を聞いた時、頭がおかしいのではないかと思った。しかし、私の経験上、卓越したアイデアというのは、彼のようなおかしな頭から生まれるものです」

先崎「我が社の商品を会場で販売すれば相当な売り上げが見込めるし宣伝効果もある、何より夢があります、是非とも株主の皆さんにもこの夢にご賛同願いたい、というわけです」

公彦「というわけです」

株主「なぜ京都なんですか」

公彦「なぜ京都なんでしょう」

先崎「ええ?!（焦り）えー…京都といえばその昔は日本の中心都市であり、古き良き日本の…金閣寺…銀閣寺…清水寺」

公彦「修学旅行の学生がいます」

鈴木「そう修学旅行！　毎日大量の中高生が出入りしている、中高生はプロ野球とカップ麺が大好き！　どうですか、お金の匂いがしてきましたね、はい！　それではチーム名を発表します！」

公彦、背広を脱ぐと『京都ＯＩＤＥＹＡＳ』と描かれたユニフォームを着ている

鈴木「はい、京都オイデヤースです！」

公　彦「拍手！」

有無を言わさず拍手をうながす公彦

78◉野球場（数ヶ月後）

京都オイデヤースの開幕戦

客席では観客がすず家のラーメンや焼きそばを食べている

売店を開いているパートの良江

ユニフォーム姿の鈴木が始球式の投手としてマウンドへ上がる

＊　＊　＊　＊

ウグイス嬢が選手の名前を呼び上げている

ベンチで感慨深げに試合を見ている公彦、鈴木、先崎

先　崎「やっとここまで漕《こ》ぎ着けましたね、社長」

鈴　木「先崎くん、今日だけはオーナーって呼んでくれないか」

先　崎「オーナー、これ全てあなたのものです」

鈴　木「もちろんそうだ（照れ笑い）」

先　崎「ところで鬼塚君はなんでユニフォーム着てるの？」

公　彦「あ、忘れてました、これ」

と、鈴木に辞表を渡す

鈴木「え？」

アナウンス「代打、鬼塚、背番号02」

公彦「これからは社員ではなく選手としてお世話になります」

バットを手にバッターボックスへ向かう公彦

鈴木「……ええ?!　ちょっと待ってよ！」

初球をいきなり外野に打ち返す公彦

鈴木「……すごいな」

先崎「……たまたまちゃいます？」

79◉置屋『ななふく』・内～前（球場とカットバック）

舞妓デビューする駒富士（富士子）の様子

髪の毛を結い、駒子に白粉《おしろい》を塗ってもらう

＊　＊　＊　＊

ヒットを放つ公彦

＊　＊　＊　＊

紅を引く駒富士

盗塁する公彦

＊　＊　＊　＊

着物を着て帯をしめる駒富士

＊　＊　＊　＊

ヘッドスライディングで盗塁成功する公彦

＊　＊　＊　＊

駒子に手を引かれて置屋から出て来る駒富士
別人のように艶やか
カメラ小僧が「どけどけえ！」と走る

＊　＊　＊　＊

公彦も「どけどけえ！」と走りホームに突っ込む

＊　＊　＊　＊

カメラに向って笑顔で会釈する駒富士
カメラ小僧がシャッターを切る

＊　＊　＊　＊

カメラマンのフラッシュにガッツポーズで応《こた》える公彦
そのままスポーツ新聞の一面になる

80◉スポーツ新聞・紙面

見出し
『誰なんだお前は！　彗星《すいせい》の如《ごと》く現れた三十路《みそじ》の新人』
『京都の赤鬼、鬼塚公彦、今日もサイクルヒット！』

81◉茶屋『卯筒』・座敷

襖が開くと駒富士が座っている
駒富士「駒富士どす」
内藤、スポーツ新聞を下ろして、品定めするように駒富士を見て
内　藤「…入れや」
駒富士「……」

82◉ファストフード店（夜）

向かい合って座っている公彦と駒子

公彦「いやあ自分でもビックリやわぁ、人間眠ってる才能ってあるもんやね」
駒子「…無理せんといて欲しいの」
公彦「え？」
駒子「旦那はんなんかいやらへんでもウチはやっていけます」
公彦「ちょっと待って、してないよ無理なんか、そりゃ野球はちょっと無理してやってるけど、それもこれも駒ちゃんの旦那になる為だもん、旦那になれなかったら…ただの無理で終わっちゃうよ」
駒子「ええの、うち置屋の娘やし、お母さんが紹介してくれる人もいはるやろし」
公彦「ダメ！　それ絶対ダメ！　バツ！　エックス！（手で×を作る）」
駒子「…公ちゃん」
舞妓姿とユニフォーム姿のため、店内でめちゃめちゃ目立っている二人
公彦「…ごめんね、こんな店で」
駒子「ウチが誘ったんどす」
公彦「あ、そっか」
駒子「ずっと入ってみたかったの、ほら、お客さんと行くんは高いクラブとかワインバーとか、大人しか入れへん店やし。しょうもないわぁ。うち未成年やし…ええなあ…こういうとこで彼氏の話やらしてはるんやろな」
公彦「じゃあ今度デートしよう」

駒子「え？」
公彦「映画見て漫画喫茶行って、新京極でプリクラ撮ってクレープ食べよ、普段着で」
駒子「…あかん（首を振る）」
公彦「なぁーんでえ?!　旦那もあかーん、デートもあかーん、野球拳もあかーん、あかんあかんあかーん、じゃあどうすればいいの？」
駒子「たまにお座敷呼んでくれはったら…」
公彦「それじゃ僕があかーん！」
駒子「……」
公彦「本気なんだよ、僕ずっと、修学旅行で京都来て以来ずっとお茶屋遊びがしたくてしたくてしたくてしたくてたまんなかったんだよ、無理してたとしたらその頃だよ。同級生にバカにされたよ、会社でもマニア扱いされたよ、自分の偏った趣味を呪ったよ、だけど初めて駒ちゃんの踊り見た時、ああ、僕は間違ってなかった、もう無理すんのやめよう、自分の好きなものに誇りを持とうって思ったんだよ、駒ちゃんの踊りが、僕を『無理』から解放してくれたんだよ！」
駒子「（泣く）」
周囲の客、思わず拍手
子供がサインを求める
公彦「（サインしながら）なんで泣くの、ダメだよ、白粉が落ちちゃう」

駒　子「…せやけど…」
公　彦「旦那になっていいよね」
駒　子「……あかん」
公　彦「あーんもお！」
駒　子「だって公ちゃん、ほんまにウチのこと好きちゃいますもん、舞妓やさかい好きなんやもん」
公　彦「……」
駒　子「ウチのことまだ何も知らんと旦那はんになるて、信用でけへん、内藤はんと張り合うてるだけどっしゃろ」
公彦、駒子の腕を掴《つか》んで
公　彦「……来いっ！」

83◉置屋『ななふく』・廊下

公彦が駒子の腕を引っ張って来る
公　彦「来いっ！　来いっ！　来いっ！」
さつき「ちょ、ちょっと、お兄さんなんどすの」
駒　子「公ちゃん、痛い痛い」

84◉同・化粧部屋

公彦、クレンジングクリームを手にとって化粧を落とそうとする

駒子「な、なにしはんのどす」
公彦「決まってんじゃん、君のこと知るための第一歩だよ、手をどけろ！」
駒子「待って、待って！　自分でするさかい」
公彦「…うん」

駒子、手早く化粧を落とす

駒子「…はい」

駒子の額に×形の傷が現れる

公彦「こ、これ…（言葉に詰まる）だ、だれにやられたっ！」

さつきが入って来て

さつき「…バレてしもたらしゃあないな、鬼塚はん、これからする話、決して他所《よそ》で口外せえへんと誓えます？」
公彦「…誓います」
さつき「独り言でも言わはったら、このビニール傘で刺しますえ！」
公彦「言いません」
さつき「…あかん、目がガラス玉や（と傘で目をえぐろうとする）」

公　彦「（目に力を入れて）言いませんて！　つか、せめて聞いてから刺されたい」
さつき「…ほな喋ります、あんたが目の敵にしてる内藤貴一郎、あれな…ウチの息子どす」
公　彦「え、ええっ⁈　じゃあ…（駒子を見て）妹？」
さつき「そんな簡単な話ちゃいます、駒子は…私生児や」
公　彦「し、しせいじ」

85◉置屋『ななふく』・居間（回想18年前）

さつきNA「駒子の母親は夢川町の芸妓どす、器量はよかったけど少々勝ち気な女で、早い話、姉さんの旦那はんと関係を持って駒子を身籠《みご》もったんどす」
生まれたばかりの赤ん坊を抱いて困惑しているさつき
土下座している駒子の実母

86◉置屋『ななふく』・化粧部屋

さつき「当然、この子の母親には辞めてもらいました」
公　彦「父親は？」

さつき「そんなもん…認知でけへん言うて逃げはりましたわ」
公彦「……」
さつき「しやけど子供に罪はない、うちも跡取りないのんで言うて引き取ったんどす、身請けというトラディッショナルなスタイルで」

87◉置屋『ななふく』・前（前シーンの数年後）

遠征スタイルの貴一郎が歩いて来る
駒子「きちろう兄ちゃん！（駆け寄る）」
内藤「（抱え上げ）きちろうちゃう、貴一郎や」
のれんの陰から複雑な思いで見守るさつき
さつきNA「いつか真実を告げなと思いながら、言えしまへんでした、駒子にはウチの跡を継いでもらいたいし、何しろ駒子、ほんまに貴一郎になついてはりましたから…」
駒子「うち、大きなったらきちろう兄ちゃんのお嫁さんになる！」
内藤「それは…無理や」
駒子「なんで？」
さつき「……」

88◉置屋『ななふく』・化粧部屋

公　彦「で、いつ打ち明けたんですか?」
駒　子「(首を振り)…自力で」
公　彦「自力で?」
さつき「そらバレますわ、顔とか似てへんし、うちの亭主、こん子が生まれた年にはとっくに死んでましたしな、どやって産んだん? なんで産んだん? 聞かれるたんびに目は泳ぐわ口はモグモグ言うわ」

89◉夢川町の街並(回想)

仕込みの駒子とすれ違う内藤

さつきNA「駒子は中学で仕込み始めたんどすけど、こん子にしたら複雑や、兄妹ちゃうかったら貴一郎の嫁になれる、しやけどウチに身請けされたからには舞妓にならんとあかん」
内　藤「おお駒子、お茶の稽古かいな」
駒　子「……」
内　藤「……」

さつきNA「とうとう思い詰めて、14の時」

90◉置屋『ななふく』・化粧部屋（回想）

鏡の前、意を決して裁ちバサミで自分の額に×をつける

内藤「駒子？」

駒子「……」

内藤「（鏡越しに見て）なにしてんねん駒子！」

とハサミを奪う内藤

駒子「お兄ちゃん…うち嫌や、舞妓になんかなりとうない」

内藤「…駒子」

さつきが慌てて入って来て、貴一郎がハサミを持っているのを見て

さつき「なにしてんの貴一郎！」

内藤「ちゃう、僕やないわ！　駒子が自分で」

姉さん達や男衆が飛び込んで来て「病院！」「救急車！」

などと騒ぎ立てる

呆然《ぼうぜん》と立ちつくす貴一郎

91◉同（回想戻り）

さつき「それから貴一郎にはお座敷来んようにキツく言うといたんどすけどな、駒子が
　舞妓になった頃からまた顔出すようになって…しばらく会わへん間に…あの子す
　っかり変わってしもうてなぁ」

92◉茶屋『卯筒』・座敷

　泥酔して大騒ぎしている半裸の内藤

内藤「何気取っとんねんワレ！　年俸八億のバット握らんかいワレぃ！」

　と駒富士に下半身を露出する

　駒富士、全く動じずライターで火を点《つ》ける

内藤「……熱っ！」

駒富士「いや、すんまへん、ショートホープや思うて」

内藤「…ワレ…おもろいやんけワレぃ…」

93◉置屋『ななふく』・化粧部屋

さつき「あの子はウチを恨んではる、駒子を傷もんにしたんは、ウチやお座敷や、この京都の文化や思うてんのどす」
駒子「……」
さつき「しやけどこん子は…まだ貴一郎に未練あるはずや、鬼塚はんが打っても走っても箪笥《たんす》担いで歌うてもダメ、この傷と一緒で、その思いは一生消えしまへん」
駒子「うち、旦那はんなんかいらん、一人で生きて行くの」
公彦「……」
駒子「…ごめんね公ちゃん…嫌いになったやろ？」
公彦「バカあ！（ピンタ）」
駒子「……」
公彦「こんな傷くらいで僕が駒子ちゃんのこと嫌いになるって思ったの？」
駒子「公ちゃん…」
公彦「バカだなぁ…こんな傷ぐらいで、嫌いになるに決まってんじゃん」
駒子「⁇」
公彦「……あれ？　逆だ、ならない、嫌いにならない、ていうかますます好きになった。だってスッピン見たの初めてなんだよ。この傷だって駒ちゃんの一部だよ、この傷も込みで駒ちゃんを愛す、公ちゃんは！　だからお母さん、傘、降ろして下さい」

さつき「……（降ろす）」
公　彦「内藤と張り合ってんじゃないですよ、信じて下さい、その証拠に今の話ぜーんぶ聞かなかった事にします、出来ます、アホやもん、出来ました！　わあわあわあ！　忘れてもた！　どうしたのこの傷…あ、思い出してもた（泣）ちきしょう…どないしょどないしょ、お酒、お酒飲んで忘れな…（泣）」
さつき「…駒子、あんた幸せもんどすな」
公　彦「え？」
駒　子「（頷く）」
さつき「この人は正直もんや、あんたがその気なら旦那はんになってもらいなさい、月々のお手当やらは後日相談しまひょ（出て行く）」
駒　子「よろしゅうおたのもうします」
公　彦「…（泣きながら）やった！　やったやった！　逆転サヨナラや、いや、サヨナラしたらあかん…逆転コンニチハや！」
公　彦「…駒ちゃん」
駒　子「公ちゃん」
公彦、額の傷にキスしようとした時、ドカンという音とともに内藤が飛び込んでくる
内　藤「ただいまあ！」
公　彦「?!」

内　藤「えろ、えろすんまへん、ちょっと酔ってもうたわ…あらあらヘンタイ管理人さん、お楽しみでしたかいな」
公　彦「そ、そんなじゃねえよ！」
内　藤「話そか（奥に）母ちゃん部屋借りるで」

94◉同・座敷

手酌で酒を飲む内藤
番茶をすすっている公彦

内　藤「…調子ええみたいやな」
公　彦「ああ、早ければ来週早々にマジックが点灯する」
内　藤「ふん」
公　彦「そっちもSリーグ優勝は貰《もら》ったも同然だろ、いよいよ直接対決だな」
内　藤「やめえや、酒がまずうなる」
公　彦「うるせえ、約束しろ、いいか？　日本シリーズの第一打席、俺がヒット打ったら二度とホームページ荒らすな、いや、お座敷荒らすな！」
内　藤「三振やったら？　あんたの女、一晩貸してくれまっか？」

公彦、番茶を内藤にひっかける

内藤「…ふん、田舎もんが、こんなもん痛くも痒《かゆ》くも…熱っ！」
公彦「遅いわボケ！」
内藤「残念ながら、その勝負受ける事できまへんな」
公彦「なに？」
内藤「社会人やったら新聞読んだ方がええで」
　とスポーツ新聞を放り投げる
　開いて自分の記事を探す公彦
内藤「そこちゃうわボケ、社会面や」
　愕然《がくぜん》とする公彦
　『内藤貴一郎・電撃引退』の文字
公彦「な、なななんで？」
内藤「芸能ニュースも読まなあかんがな」
　新聞をめくる公彦
　『内藤貴一郎・銀幕デビュー』
　『デビュー作〃山猿〃初日から満員御礼大ヒット！』
公彦「なんやこれ！」
内藤「いやあ、人間、眠っとる才能いうのんがありまんな、今年は肘《ひじ》の故障で登板少なかったもんでサクっと映画出たら興行収入30億の大ヒットですわ、野球なんぞ

アホらしゅうてやってられへん」

公彦「くそお…なんでもかんでもスポーツ新聞で済ませやがって！　お前はあれか、スポーツ新聞の住人か！　スポーツ新聞内で引っ越しか！」

内藤「ついでに紹介しますわ（奥へ）入れ」

富上子（駒富士）が入って来る

駒富士「駒富士どす」

公彦「……（絶句）」

駒富士「あら、どこぞでお会いしましたかいなぁ」

公彦「いえ…こんなキレイな人見たことないですぅ」

目に『惚』という字が浮かび上がる

内藤「分かりやすい男やな」

駒富士「（公彦を睨んで）ウチは内藤はんをお慕いしてますさかい！」

公彦「そない怒らんでも…え？」

内藤「（手を握り）せやねん、ワシこの子の旦那になろ思てねん」

駒子が化粧直して入ってくる

駒子「ちょっと、うちそんなん聞いてしまへんえ」

内藤「そらそうや、今さっき決めた事やもん」

駒子「駒富士はん、そおいう事はまずウチやお母さんに相談するもんどす」

駒富士「お姉さん、もしかして妬《や》いてはんのどすか？」
駒子「…あんたは…憎たらしいっ」
公彦「でも可愛い」
駒富士「（睨む）」
公彦「…すいません」
駒子「この男は豆福さんの旦那はんや、それを横取りするて…どおいう事か分かってんの？」
内藤「二股でええがな、それが祇園のステイタスや（奥へ）なあ母さん」
駒子「あんたみたいな礼儀知らず…姉妹の縁を切らせてもらいます！」
内藤、烈火のごとく怒り立ち上がり
内藤「ええ加減にせえ！　なにが姉妹の縁や、気色悪い、ほんまの姉妹でもあれへんくせに、あ？　こっちは金払うて面倒見る言うてんねん、男と女の話や、本人同士がええ言うとんねん、問題あれへんのちゃうんか、なあお母さん」
さつき、奥の間で背を向けたまま
さつき「…お帰りください」
内藤「…ふん、言われんでも出てくわこんな家、気分悪い（と出て行く）」
駒子「堪忍え、公ちゃんも今日は帰って…公ちゃん？」
駒富士「…だいぶ前に出て行かはりました」

95◉映画館・前（夜）

雨の中、内藤の主演映画のポスターを歯ぎしりしながら見上げている公彦

公彦「……」

96◉京都の撮影所・スタジオ前

スタジオの大戸に鬼塚組のクランクインを祝福する張り紙が貼られている
大戸が開き、中から時代劇の衣装を着た公彦と鈴木たちが出て来る
ケータリングコーナーで良江が食事の用意している

先崎「え〜、短縮ですが、ここで食事入れまーす！」
公彦「入れないよ！」
先崎「うん、ていうか、そろそろ球場入りしないと」
公彦「野球？　やめました」
先崎「やめましたって…」
良江「首位打者やのに」
公彦「そもそも僕がやりたかったのはあんな本格的な野球じゃなくて、野球拳ですから（と監督席に座り）照明！　時間かかり過ぎだよ、鬼塚組は基本5時間まき！

鈴木　年内に完成しないとカンヌ持ってけないよ」
公彦「いやー目まぐるしい男だな、ま、それにお金出してる僕も僕だけど」
「言っとくけど、内藤と張り合ってるわけじゃ…?!」
鈴木　公彦、ディレクターズチェアに置いてあったスポーツ新聞を二度見
「分かってるよ、人間には眠っている才能があるんだよな、その証拠にこれ、内藤の映画よりぜんぜん面白いよ」
公彦「……」
鈴木「この勢いで日本中を泣かせてさ、ハリウッドでリメイクされてさ、夢が広がるなあ」
先崎「もう1テイク行きましょうか」
鈴木「僕は構わないけど」
先崎「監督?」
　公彦、スポーツ新聞を叩きつけ
公彦「撤収!」
先崎「撤収!　撤収?!」
公彦「鬼塚組解散っ!」
　スポーツ新聞見出し『格闘王09王者に内藤貴一郎!』

97◉茶屋『卯筒』・座敷

欠番

97A◉格闘技試合会場・控え室前

控え室から出て来る公彦、鈴木、先崎、良江

鈴木「君のおかげで僕たちも色んな経験が出来て楽しいよ」
公彦「すいません、正直もう僕も何が何だか」
先崎「一緒に走って来た仲やないか！（背中を叩く）」
良江「そやそや、何かあったらウチが助けるで」
公彦「そもそも何でこんな事になってんでしたっけね」
リングアナの声「赤コーナー、すず家食品所属…」

98◉格闘技試合会場

リングアナ「ジェラシー鬼塚〜〜！」

吠《ほ》える公彦

公彦の勝利を伝える新聞記事
対戦相手に噛《か》みつく公彦
公彦の手を上げるリングアナ
公　彦「出て来い！　出て来い内藤ぉ！」
＊　＊　＊　＊
その姿が街頭のオーロラビジョンに映し出される

99◉ラーメン屋・店内

テレビ画面で公彦が叫んでいる
公　彦「出て来いやあ！」
内藤、厨房《ちゅうぼう》で麺をゆでながら
内　藤「すんまへんな、店が忙しゅうて行けまへんでしたわ」
公　彦「…うぐぐ」
壁にスポーツ新聞の見出し
『内藤、今度はラーメン店のオーナーに』
内　藤「最初は名前だけ貸してくれ言われたんやけど、中途半端にでけへん言うて修業さしてもろたら、オーナーですわ」

公　彦「…一応聞くけど、儲かってんのか」
内　藤「儲からへんかったら誰がやるかボケ」
駒富士「京都に6軒、神戸と大阪に3軒ずつあるんのどす」
内　藤「味の方は保証付きやで、強力な助っ人がおりますさかいに」
厨房で麺を茹《ゆ》でている先崎
公　彦「先崎さん！」
先　崎「一緒に走るつもりが追い越してもうた、アハハ、はい全部のせ硬麺のお客様ぁ！」
公　彦「寝返ったか…」

100◉すず家食品・京都支社・会議室（日替わり）

良　江「…んん、ラーメン屋ねえ」
公　彦「すず家が本格的なラーメン屋をプロデュースするんです、同時にその味を忠実に再現した京都発のオリジナルカップ麺を製作して…あれ？　なんか前もこんな話したな、デジャブですか？」
良　江「振り出しに戻っただけやね」
公　彦「…そんなら振り出しからやったろやないか！」

先崎の声「内藤きいちろー、内藤きいちろーが地元の皆さんにお願いに参りました」
公　彦「?!」
窓を開けて外を見る公彦
『内藤きいちろう』の看板を掲げた選挙カーが走っている
助手席に先崎
市役所前で演説している内藤
内　藤「開かれた京都、生まれ変わる京都をスローガンに、精一杯頑張ります！」

＊　　＊　　＊　　＊

すず家の会議室

＊　　＊　　＊　　＊

良　江「当選確実らしいよ」
公　彦「…一応、やってみるかあ？」

101◉同・研究室

欠番

102◉病院の病室

欠番

103◉道

『鬼塚きみひこ』と書かれたタスキを掛けて市民と握手する鬼塚。鈴木と良江が拡声器で応援

良江「鬼塚はやると言ったらやる男です！」

公彦「京都は日本の宝だぁ！」

鈴木「どうか来たる京都市長選には、この鬼塚、鬼塚公彦に清き一票を」

104◉内藤の選挙事務所（日替わり）

だるまに目を入れて豪快に笑う内藤

万歳する先崎

入口から変装した公彦がだるまを投げ込む

導火線に火がついている

駒富士「危ない！」
一同、慌ててだるまから離れる
しかし情けない感じでパンッ！　と小爆発
だるまの両目に『殺』の文字
駒富士「……」

105◉選挙カーの中

駒富士「…うちな、そろそろ舞妓辞めよ思てますの」
内藤「なんで？」
駒富士「なんでて…もう気が済んだんどす」
内藤「……」
駒富士「今日な『奥さん』言われたんどす、後援会の人や応援に来てくれはった人が『奥さん、おめでとう』て…うち、うれしゅうて」
内藤「…嘘や」
駒富士「ほんまどす、ウチ内藤はん好きやし…それに市長夫人どすえ」
内藤「僕と一緒になっても鬼塚に勝ったことにはならへんで」
駒富士「……」

ONIZUKA
京都市長候補
鬼塚
必勝
必勝

内藤「ま、ええわ、それでお前の気が済むなら籍入れよか」
駒富士「…内藤はんはどうどすねん？」
内藤「…アホか（笑）鬼塚みたいな小っさい男、ハナから眼中にないわ、もっと大きなもんとワシは闘うてんねん」
駒富士「鬼塚ちゃう、ウチや、ウチの事はどう思うてはります？」
内藤「どうて…」
駒富士「もおええっ！」
駒富士、車から降りて歩き出す
内藤「お、おい（窓開けて）聞かんでえのか、ワシの野望！」

106◉道（日替わり）

荷物を抱えて歩いている私服の富士子

107◉置屋『ななふく』・居間（回想）

さつき「残念やなあ、あんた、まだまだこれからなのに」
駒富士「お世話に…なりました（頭下げる）」

祝

さつき「無理に引き止めてもしゃあないわ…舞妓やめてもウチはあんたのお母さんどす、駒富士ちゃん、東京で、自分がひとりぼっちやと感じた時は、いつでも帰って来なさい」

108◉道

憔悴《しょうすい》し切って歩いている公彦

109◉すず家食品・京都支社・会議室（回想）

鈴木「君のおかげで僕も会社もずいぶん儲かった、いい思いもさせてもらった、もう充分じゃないか、これ以上なにが必要なんだよ…」

110◉平安神宮（回想もどり）

修学旅行生が集合写真を撮っているのが見える

修学旅行生「ちょっと3班！　3班！　話聞いて3班！」

公彦「…さよなら、僕の京都（歩き出す）」

修学旅行生「3班！　3班！」

111◉道

富士子「なんだったんだろ、私の京都…」
修学旅行生「3はーん！」

112◉平安神宮

公　彦「社長の言うとおりだ、もう思い残すことは…」

113◉茶屋の勝手口（回想）

座敷から野球拳の嬌声が聞こえる

小　梅「一人前の大人になったら、なんぼでも遊べるさかいにな」

114◉京都駅・新幹線ホーム（回想戻り）

停車中の新幹線に乗り込む公彦

公　彦「あ！　まだ野球拳してない！」

振り返り走り出す公彦

115◉道

走って来る公彦

富士子「!!」

富士子の前を一旦通り過ぎ

公　彦「あれ？（立ち止まる）」

富士子「……（振り返る）」

公　彦「…久し振り」

富士子「…久し振り」

公　彦「……え、なんで?!　なんで京都来てんの？」

富士子「…なんでって…か…観光」

公　彦「…そっか、観光地だもんな」

富士子「…うん…今日ほら有名なお祭りでしょ」
公　彦「あー」
富士子「知らないの？」
公　彦「知らない、舞妓さん以外、興味ねえから」
富士子「……」
公　彦「案内しようか、京都」
富士子「（応えず）…ねえ携帯変わった？」
公　彦「変わってない」
富士子「私も、なんかあったら電話して」
公　彦「ああ、なんかあったら電話する」
富士子「じゃね」
公　彦「…じゃあ」
　　歩いて行く公彦の背中を見送る富士子

116◉道

　　泣きながら歩く富士子
富士子「バカ…どいつもこいつも…バカばっか…」

117◉置屋『ななふく』・前

泣きながら玄関を駆け上がる富士子

さつき「早っ、もう帰って来はったん?」
富士子「(周囲を見回し)…お姉さんやらは?」
さつき「殴り込みに行きましたえ」
富士子「殴り込み?!」
さつき「新しい市長さんとこに」

118◉道

夢川町の芸妓舞妓が鉢巻にたすき掛けで行進している
先頭を歩く駒子、手には長刀《なぎなた》を持っている

119◉置屋『ななふく』

さつき「あんたが出てってすぐ市の職員さんが持って来はったんどす」

さつきが『2009年度京都市条例変更案の概要』という冊子を富士子に手渡す

富士子「(読む)『一見さんお断りお断り』?」

さつき「市長さんの作らはった新しい条例やて、それ議会で通ったらウチら置屋はおまんま食い上げどす、一見さんお断り廃止、支払いも現金払い、料金は店ごとに時間いくらと明記しろて」

富士子「…なんで?」

さつき「開かれた京都のイメージ作りやて、あほらし、そんなんお座敷遊びちゃうわ、キャバクラと一緒やん」

富士子「……」

さつき「あの子、実の母親を失業に追い込むつもりどす、ほんま、どこまでアホやねん」

120◉市役所・市長室

睨み合っている芸妓舞妓たちと内藤

内藤「(笑)そない大勢に睨まれたら話できんわ、代表者お前か」

駒子「…(頷《うなず》く)」

内藤「ほな他の皆さんは外で待っとって下さい」

芸妓・舞妓たち「……」

内　藤「聞こえまへんか？　話し合う言うとるんや」

121◉置屋『ななふく』

こまつの女将が入って来る

こまつ「どうしよ、さつき姉さん、お座敷の予約どすけど」
さつき「一人もいやへんし、お断りして」
こまつ「そやなあ…そう言うたんどすけど鬼塚はん聞かはらしまへんの」
富士子「?!」
こまつ「あら、もう帰って来たん？」
富士子「…うちが行きまひょか？」
さつき「え？」

122◉茶屋『卯筒』・座敷

駒富士が入って来る

公　彦「…あれ？」
駒富士「すんまへん、今日お姉さんがた出払っててウチしか空いてまへんの」

公　彦「…でもあんた、内藤の…」
駒富士「野球拳しまひょか？」
公　彦「え、ええ？　いきなり?!」
駒富士「三味線もお囃子《はやし》もあらへんけどアカペラで、よろしやろ？」
公　彦「(圧倒され) あ、はい」
二人立ち上がり
駒富士「行きますえ…♪野球〜するなら〜」
公　彦「♪こ〜いう具合にしやしゃんせ」

123◉市役所・市長室（＊よきところで座敷とカットバック）

対峙している駒子と内藤
駒　子「……」
内　藤「…大きなったなぁ、駒子」
駒　子「…きちろう兄ちゃん」
内　藤「兄ちゃんちゃう」
駒　子「…え？」

124◉茶屋『卯筒』・座敷

野球拳している公彦と駒富士

公彦、ジャンケンに勝つ

公　彦「きぃやあ！　勝った勝ったあ！」

駒富士、手酌で日本酒を飲む

公　彦「…脱がないんだ」

駒富士「女が負けたらお酒頂くのがウチらの野球拳どす」

公　彦「へえ…そうなんだ、知らなかった」

駒富士「やめます？」

公　彦「いえ、やりますやります♪野球～」

125◉市役所・市長室

内　藤「…駒子…でこ触らして」

駒　子「……」

内藤、恐る恐る駒子の額に手を伸ばし傷を触る

内　藤「……」

駒子、内藤の手をピシャリと払いのける

内藤「……」

駒子「……」

126◉茶屋『卯筒』・座敷

公彦「よよいのよい！　勝ったあ！」

盃《さかずき》を飲み干す駒富士

パンツ一枚の公彦が拍手し

公彦「お見事ぉ！　さあ行くでえ♪野球～」

駒富士「……」

公彦「あれ？　どうしたんですか？」

駒富士「(泣いている)」

公彦「…ええっ?!　泣いてんの？　なんで？　なんで？」

駒富士「…泣いてしまへん、さあ、いきまっせえ…や～～きゆう～～」

公彦「いいですよ、そんな泣きながらするもんじゃないし…」

駒富士「う?…楽し事おへんか？」

公彦「楽しいです…嘘です、すいません、正直、思ってたほど楽しくなかった」

駒富士「……」
公　彦「（ため息）…飲んじゃおうかな…あの、お酌してもらっていいですか？」
駒富士「……」
駒富士、公彦の盃にお酒を注《つ》ぐ
公　彦「実はね、僕、京都で野球拳するのが夢で、その為に東京から来たんですよ、でも…なんか疲れちゃって、身も心も弱り果ててですね、そしたら…こんな事ってあるんですねえ、別れた彼女とバッタリ会っちゃったんですよ、昼間」
駒富士「……」
公　彦「なんかねえ…それがいい感じだったんですよ、なんか…いい女になってたんですよ…あ、すいません、どーでもいいっすよね」
駒富士「…聞かしとくれやす」
公　彦「かなり嫌ぁな、それはそれは嫌ぁな別れ方したもんでね、正直もう一生会わないと思ってたんですけど、会ったら…もうねえ…野球拳しながら…本当申し訳ないんですけど、あなたと野球拳してるのに、ずっと彼女の事をね、考えちゃうんだなあ」
駒富士「…しやけど…お客さん駒子さん姉さんの旦那はんどっしゃろ？」
公　彦「いやいや僕そんな器じゃないんですもん、もうね、東京戻ろうと思って、お座敷にも上がったし、野球拳もしたし、気が済みました、前の彼女とヨリ戻して

駒富士「……」

公彦の頬を張る駒富士

公　彦「…痛いっ！　ちょっと、なにを、なにを、なにすんだよ痛えな！」

駒富士「…お姉さんには、駒子さん姉さんにはあんたしかいやらへんのどっせ！」

公　彦「……」

駒富士「そやのに、なんやのあんた、なんでここにいはんの？　なんでウチと野球拳してはんの？　なに弱音吐いてはんの？　なに別れた女の自慢話をタラタラと、気色悪いわ！」

公　彦「……」

駒富士「旦那やったら旦那らしくビシっと決めるとこお決めやす！」

＊　＊　＊　＊

祇園小唄を踊っている駒子の姿がフラッシュバック

＊　＊　＊　＊

公　彦「…せやな」

駒富士「…え？」

公　彦「駒ちゃんには公ちゃんしかおれへんもんな、ありがとう、目が覚めたわ！（出て行こうとする）」

駒富士「お待ちやす」

公　彦「え？」

駒富士「お姉さんとこ行く前に、前の女と縁お切りやす」

公　彦「……それは今じゃなくても」

駒富士「今や！　はよ電話おしやす」

公　彦「（圧倒され）はい」

公彦、番号を呼び出し掛ける

駒富士の携帯電話が鳴る

公彦、ビックリして携帯電話を落とす

駒富士「……」

公　彦「…お…おま…おま…ええ?!　ふ、ふ、ふ」

駒富士「早よお行きやす！」

公　彦「はいっ」

と部屋を飛び出す公彦、すぐ戻って

公　彦「あの…駒ちゃんどこおります？」

駒富士「市長さんとこどす」

公　彦「んなにい?!」

127◉市役所・市長室

乗り込んで来る公彦
しかし内藤一人しかいない

内藤「なんや」
公彦「駒ちゃんは？」
内藤「ああ、だいぶ前に帰ったわ」
公彦「…くそお（と出て行こうとして）おい、駒富士から聞いたぞ、置屋潰《つぶ》そうとしてるらしいな」
内藤「それがどないしたんや」
公彦「いいか？　良く聞け、一見さんお断りっつーのはな…素晴らしいシステムなんだよ！」
内藤「……」
公彦「俺も最初は頭来た、でもな、あれはお客に心の底から、実家に帰ったような気分でくつろいで貰う為に、どーしても必要なルールなんだよ、お前や俺みたいな、お座敷荒らすバカがいる限り、一見さんお断りは永久に不滅なんです！　一見さんお断りフォーエバーどす！」
内藤「…んなこと今さら言われんでも知っとるわボケ」

公　彦「以上！」
　出て行く公彦
内　藤「…実家帰ってもくつろげん男は…どないすればええねん」

128◉道

　駒子を必死に探している公彦
公　彦「駒ちゃあ——ん！　駒ちゃあ——ん！　くそお…どこにいんだよ、携帯携帯」
　と携帯を探して、初めて自分がパンツ一枚である事に気づく
公　彦「あっ、俺パンツ一丁！」
　遠くの山で『大』の文字が燃えている
公　彦「……」

129◉眺めのいい場所

駒　子「……」
　ベンチに座って泣いている駒子
　その脇をパトカーがサイレンを鳴らしながら通り過ぎる

ガソリンスタンドの店員が尋問されている

130◉山の中

地面に灯油をバシャバシャ撒いている公彦

公彦「…駒ちゃん…見てくれ駒ちゃん」

警官が懐中電灯を手に入って来て

警官「いたぞお！」

公彦「ちきしょお…」

公彦、慌ててライターで火を点ける

公彦「(絶叫) 駒ちゃあ―――――ん！」

131◉眺めのいい場所

駒子「?!」

132◉市役所・市長室

内藤「……ほんまかいな」

遠くの山の『大』の字の下で『好き』という文字がいびつに燃えて『大好き』になっている

133◉茶屋『卯筒』・廊下

窓の外を見ている駒富士

駒富士「…ホントばか（泣）」

134◉拘置所・接見室（数ヶ月後）

面会に来ている内藤

ガラス越しに座っている公彦、長い牢獄生活のせいでやつれている

内藤「……あんたには負けましたわ」

公彦「……」

内藤「京都に恨み持ってるワシも、さすがに『大好き文字』は思いつかんかった、あ

らぁ痛快やったでホンマ」
内藤「……」
公彦「さて、今日来たんは他でもない…あんたとは色々あったし、そろそろほんまの話しよ思てな」
内藤「ほんまの話ぃ？」
公彦「駒子とワシの話や」
内藤「ああ、血の繋《つな》がらん兄妹だろ？　知っとるわボケ」
公彦「繋がっとるわボケ」
内藤「え？」
公彦「めっちゃ繋がっとんねん」

135◉置屋『ななふく』（18年ほど前）

グローブを磨いている貴一郎
酔っぱらった芸妓が内藤の股間を足でツンツン突く

内藤「……」
内藤NA「ワシがニキビとスケベと野球の事しか考えてへん17ん時や、タチの悪いお姉さんがおってな」

136◉置屋『ななふく』・居間（回想18年前）

生まれたばかりの赤ん坊を抱いて困惑しているさつき
土下座している芸妓（駒子の実母）

芸　妓「…ご報告遅うなってすんまへん」
さつき「遅過ぎるわ…で？　相手誰？」
芸　妓「……」

芸妓、さつきの背後のTVを見る
ドラフト会議の模様が流れる
クジを引いてガッツポーズする監督

アナウンス「内藤貴一郎くん、神戸グラスホッパーズ！」
内藤NA「ワシの血気盛んな遺伝子が姉さんのミットにバシーっとおさまって、そんで生まれたんが駒子や」
さつき「…ありえへん」

学生服で胴上げされている貴一郎

137◉接見室

公　彦「……」
内　藤「そっからウチの親族と球団幹部とで話し合いや、ルーキーに隠し子おったらマズいやろ言うて、駒子はワシの、血の繋がらん妹いう事になった」

138◉置屋『ななふく』・前（前シーンの数年後）

駒　子「きちろう兄ちゃん」
内　藤「きちろうちゃう、貴一郎や」
駒　子「うち、大きなったらきちろう兄ちゃんのお嫁さんになる！」
内　藤「それは…無理や」
駒　子「なんで？」

139◉接見室

内　藤「親子やからな」

140 ◉夢川町の街並（回想）

仕込みの駒子とすれ違う内藤

内藤NA「駒子の事が気になってワシ、暇さえありゃ京都に足運んだ」
駒　子「……」
内　藤「おお駒子、お茶の稽古かいな」
内藤NA「それが裏目に出たんや、ワシのこと、血の繋がらん兄貴や思うとったんやからな」

141 ◉置屋『ななふく』・化粧部屋（回想）

鏡の前、意を決して裁ちバサミで自分の額に×をつける

内　藤「駒子？（鏡越しに見て）なにしてんねん駒子！」

142 ◉市長室（回想）

内　藤「…大きなったなぁ、駒子」
駒　子「…きちろう兄ちゃん」

内　藤「兄ちゃんちゃう」
駒　子「…え？」
内　藤「お父ちゃんや」
駒　子「?!」
内　藤「わしお前のお父ちゃんやで…駒子」
駒　子「……なんやそれ」
内　藤「許してくれ駒子、この通りや…ワシ…お父ちゃん、一生かけて償うさかいに」
駒　子「……」
内　藤「でこ触らして」
駒　子「……」
駒子、内藤の手をピシャリと払いのける

143◉接見室（回想戻り）

内　藤「以上がホンマの話や、ご清聴ありがとうございました（頭下げる）」
公　彦「……」
内　藤「なんや、ノンリアクションかいな、『えー?!』とか『マジでえ?!』とか無いんかい！」

公　彦「…お父さん」
内　藤「お父さんて…素直に受け入れ過ぎや自分」
公　彦「ただでさえ他人同士が『お母さん』『お姉さん』呼び合う町だ、お父さんがいても不思議はない」
内　藤「……」
刑務官「鬼塚、そろそろ時間だ」
公　彦「……」
公彦、立ち去ろうとするが、背中を向けたまま歌い出す
公　彦「夢の流れる鴨川《かもがわ》に
踊る舞妓と旦那さま
桜散るころ夢が咲く
夢が散ったら　よよいのよい
なんやそれそれ　なんやそれ
そーれそれそれ　よいやさー」
内　藤「え?」
公　彦「夢川町のお祭りあるだろ、4月に」
内　藤「ああ、夢川をどりな」

公彦「駒ちゃんにいい着物、着せてやってくれ」
内藤「…鬼塚」
公彦「ケチるんじゃねえぞ、最高級の着物プレゼントするんだ」
内藤「わかった」
公彦「俺もプレゼントする（向き直る）」
内藤「はあ？」
公彦「俺が贈った着物を駒ちゃんが着たら俺の勝ち、あんたの着物着たらあんたの勝ちだ」
内藤「…最初に言うたやん、あんたには負けたって」
公彦「てめえが負けたとか関係ない、俺まだ勝ってねえもん、勝つまで続ける！　あんたが勝ったら大人しく引き下がる、ただし！　俺が勝ったら…」
内藤「……なんや」
公彦「…娘さんを僕に下さい」
内藤「…おまえは（あきれる）」
公彦「なんだよ」
内藤「…お前、ほんまに駒子が好きなんか？」
公彦「好きとか嫌いとかじゃない」

内藤「いや、好きとか嫌いやろ」
公彦「勝つまで続ける！」
内藤「……」

144◉夢川町の街並（数ヶ月後）

祭飾りで華やかな町並み
人通りも多く、いつにもまして賑やかな感じ

145◉置屋『ななふく』・化粧部屋

二着の着物を壁に掛けて、その前に正座している駒子
さつき「駒子さん、そろそろ出かけな間に合いまへんえ」
駒子「もうちょっと待って！」
緑色の着物に手をかける駒子
（＊柄はひと目で内藤と分かるもの）

146
◉夢川をどり会場・中庭

会場に入る内藤

147
◉置屋『ななふく』・化粧部屋

赤い着物に手をかける駒子
（＊柄はひと目で公彦と分かるもの）

148
◉拘置所・独居房

正座している公彦
「始め！」の声で猛烈な勢いで食事を食べる

149
◉置屋『ななふく』・化粧部屋

駒子、気配を感じて振り返る
駒富士も赤い着物を見つめている

駒　子「……」
駒富士「……」

150◉拘置所・独居房

食事を終えた公彦、窓際へ立ち、鉄格子の一本をスプーン（あるいはバターナイフ等の金属）で削り出す

151◉同・所長室

アタッシュケースから札束をドンと出す鈴木
先崎が所長の目の前に積み上げ

先　崎「保釈金です」
鈴　木「こちらに収容されている鬼塚公彦を引き取りに来ました」
所　長「こんなに？」
先　崎「え？」
鈴　木「幾らですか？」
職　員「（リアルな金額を言う）」

先崎「安っ！」
鈴木と先崎、慌てて余分な札束をアタッシュケースに戻す

152◉同・独居房

看守「392番！　飯食ったら保釈だから」
公彦「?!」
鉄格子がポキンと折れるのを必死で誤魔化す公彦

153◉夢川をどり会場・客席

席につく内藤
隣の席が空いている

154◉置屋『ななふく』・廊下

さつき「駒ちゃん、富士ちゃん、先行ってますえ」
返事がない

さつき「ほんまもお、困った子や（と出て行く）」

155◉同・化粧部屋

二枚の着物を見つめている駒富士、駒子

156◉道

全力疾走している公彦

157◉夢川をどり会場

そわそわと落ち着かない内藤
三味線や太鼓の音とともに幕が上がる
思わず身を乗り出す内藤
下手から次々に芸妓舞妓が踊りながら出て来る

内　藤「……」
入口のドアが開いて公彦が飛び込んで来る

公彦「見に来たでえ駒ちゃん！」
内藤の隣の席に座り
公彦「…出て来た？　駒ちゃん出て来た？　あー多すぎて分かんない、待て待て、お前の何色？　俺、赤だからな、燃えるような赤…あれ？」
内藤、泣いている
公彦「…え、泣いてんの？　勝ち？　ワシの勝ちか！　やったあ！　勝った勝った！」
舞台の上、緑の着物を着て踊っている駒子
公彦「…なんでえ?!　駒ちゃんなんでやあ！」
内藤「アホ、ちゃんと見んかい」
公彦「え？……ああっ！」
駒富士が公彦の贈った赤い着物を着て踊っている
公彦「…くそお…似合ってんじゃねえかよ！」
舞台の上、華麗に踊る駒子と駒富士
内藤、公彦の肩をポンと叩き、舞台の方へ歩き出す
公彦「え？」
内藤、舞台に上がる
観客ざわつき始める

内　藤「すんまへん、市長の内藤です。突然ですけどな（と条例の冊子を）これ反古《ほご》にさしてもらいますわ」

と冊子を破く

さつき「……」

内　藤「一見さんお断りお断り、お断りや！」

公　彦「…なんやそれ」

駒　子「……」

駒富士「……」

内　藤「ややこしい事してすんませんでした、ほな引き続き♪なんやそれそれ」

公　彦「なんやそれ」

さつき「それそれそれ」

駒富士・駒子「よ〜いやさー」

踊りとお囃子、再開する

駒子と駒富士、目配せする

内藤、舞妓達に取り囲まれる

内　藤「な、なんや、やめえや」

駒　子「ええさかい」

公　彦「あ、また、お前だけ！」

駒富士「あんたもや（手招き）」
公　彦「え、ええ？　しょおがねえなあ！」

158◉茶屋『卯筒』・座敷

公彦の出所祝いが行われている
駒子、公彦に酒をすすめる
駒　子「お勤めごくろうさんどしたなぁ」
公　彦「いらん」
内　藤「飲めや、自分の出所祝いやで」
公　彦「いや飲めん、納得行くまで飲めん、ねえなんで？　駒ちゃん、なんで僕の着物着てくれへんかったん？」
駒富士「やめて、みっともない」
公　彦「お前黙ってろ、なあ、どっちがどっち着るってどうして決めたんや」
駒子と駒富士、顔を見合わせ笑って
駒子・駒富士「内緒や」

159◉置屋『ななふく』・化粧部屋（回想）

襦袢《じゅばん》姿で野球拳している駒子と駒富士

駒　子「アウト！」

駒富士「セーフ！」

二　人「よよいのよい！」

160◉夢川をどり会場

舞妓姿で舞台に放り出される公彦と内藤

客席、大いに盛り上がる

公彦と内藤、芸妓舞妓に囲まれて夢川をどりを踊る

その様子を、たった今到着した鈴木と先崎が唖然《あぜん》として見ている

鈴　木「先崎君、京都も終わりだな…」

先　崎「…はい」

公　彦「♪なんやそれそれ」

161◉お茶屋の玄関先（十数年後）

内藤が若い秘書を連れて入って来る

秘　書「本当に野球拳していいんスか」

内藤「何度も言わすな、今日は京都でもトップクラスの芸妓と舞妓が相手や」

秘　書「マジっすか！　マジっすかあ！」

女将になった駒富士が出迎える

駒富士「いや、市長さん、お待ちしてましたえ（奥に）ちょっと！　お客さん」

下足番が現れる

秘　書「よ、よろしくお願いします」

芸妓姿の駒子が出迎える

駒　子「堅ならんでもよろしし、実家や思うてくつろいどくれやす」

下足番（公彦）が秘書に声を掛ける

公　彦「お客さん、悪いこと言いません、今すぐ病院行ってください」

秘　書「はあ？」

公　彦「（ニヤリと笑う）」

162◉夢川をどり会場

夢川をどりが続いていく
エンドロール

END

男三人談議

阿部サダヲ・堤真一・宮藤官九郎

text：蒔田陽平　photo：西村智晴

舞妓さんの世界は、あまりにもかけ離れていて面白かった

宮藤　舞妓《まいこ》さんの世界を書く、というのは水田監督のリクエストです。正直、全く知らない世界だったので、まず『祇園の教訓』（岩崎峰子・著）という元芸妓さんが書いた本を読んだんです。その本は芸妓さんの視点からお客さんを観察する内容で、納得する部分もあるんですけど、刺身のツマを残す人は出世できまへんとか、だんだん自分のダメなところを指摘されてるようで腹立ってきたりもして…（笑）。スゴいいろんなルールやしきたりがあるんですよ。僕の暮らしとはあまりにもかけ離れている世界だったので、逆に面白いな、と。

阿部　僕も舞妓さんってホント、イメージわかなかったですね。頑張って思い出したのが佳《か》つ乃《の》さん（笑）。

堤・宮藤　（笑）。

堤　僕はお座敷遊びは経験ありますが、二十代で初めて行ったときは、こんなの何がおもろいねんって思った。だって、顔真っ白にしてカツラのっけてるような女を可愛いなんて思わないじゃない。二度目はドラマをやってたときに役者さんに連れてってもらって…このときは楽し

かったわ。というか、積極的に楽しもうと思った。腹探って口説こうなんて思ったらダメだ、と。そういう世界なんだって割り切ったら楽しくて、酒をガバガバ飲んでも全然酔わない。でも、お座敷を出たら一気に酔いが回って、次に行ったバーでは芸妓さんを『結婚しよう、結婚しよう』って必死に口説いてた（笑）。

宮藤　ダメじゃないですか。

阿部　内藤そのものですね。

舞妓はんとのゴールは
野球拳じゃなくて添い寝?!

宮藤　あれは落としたいと思うんですかね、白塗りを。だって、絶対落としたほうが可愛いじゃないですか。最初はみんな同じ顔にしといて、この子の素顔が見たいって思わせるためにやってるのかな？

阿部　白塗りを落としてから大人の関係が始まるんですかね。それとも落とさないでも関係できるんですかね？

宮藤　大人の関係はムリみたいですよ。芸妓さんと最高に仲良くなったら何をしてくれると思います？——添い寝ですって。

阿部・堤　え——っ？

宮藤　最終的に添い寝ですよ。ゴールがそれなら、オレはどうかなぁ（笑）。

阿部 お座敷遊びのシーンを撮ってるときは、これ酔っぱらってやったら面白いなとは思いましたけどね。三味線の生演奏があって、目の前で歌って踊ってくれるっていうのは、すごく優雅な気分になれる。ただ、通いつめはしないだろうなぁ。

堤 やっぱり、枯れてからの遊びなんだよ。若い女の子を口説こうとしたり、バカ騒ぎする欲求も薄くなった六十、七十くらいの年齢になってから、馴染《なじ》みの芸妓さんを呼んで、下心なく遊んで飲んで、スッと帰るっていう感覚なんだろうね。

一見さんづくしで楽しくて、細かいところ覚えていない

堤 仕事は初めてだったけど、『木更津キャッツアイ』とか宮藤作品は好きで見てたし、サダヲとも知らない仲じゃないから、初めてって感じじゃなかったよね。

宮藤 そうそう、阿部くんと堤さんが初共演っていうのはすごく意外だった。

堤 とにかく台本は面白かった。腹抱えて笑ったもん。で、現場でもお互い探り合うこともなく、本当に楽しめた。楽しすぎて逆に撮影中の細かいこと覚えてないんだよね（笑）。

——宮藤作品がお好きだったということは、いずれ自分もと？

堤　もちろん思ってたけど、オレみたいなタイプは嫌いだろうなって。

宮藤　なんで？（笑）

堤　野田派は好きじゃないかなって（笑）。

宮藤　そんなこと言ったら、阿部くんだって野田（秀樹）さんの舞台（野田地図『透明人間の蒸気《ゆげ》』）出てるし…。っていうか、野田派が嫌いなんて最初から思ってないですから（笑）。

——どうして宮藤さんは阿部さんのライバル役に堤さんを起用したんですか？

宮藤　阿部くん演じる公彦が初めてのお座敷遊びで楽しみの絶頂にいるときに、ガラガラと戸を開けて最高に意地悪なヤツが現れるっていうイメージで、とにかく豪快な人がいいなって思ってたんですよ。ちょうどその頃、堤さんが僕の舞台を見に来てくれて、楽屋でお会いしてたんですね。それで水田監督から堤さんはどう？って提案されたとき、あぁ、堤さんは内藤にピッタリかもと。でも、よく考えたら普段の豪快で面白い堤さんって、お芝居では見たことないんですよ。それも含めて、いいなぁって。

堤　楽屋、行っておくもんだな（笑）。

普段も豪快じゃないよ。隙間隙間でコソコソ生きてるんだから。

宮藤　普段のというか、古田（新太《あらた》）さんから聞いてる堤さんだ（笑）。

堤　アイツはほんま…（笑）。

宮藤　古田さんの話に出てくる堤さん＝内藤かもしれない（笑）。

最初に聞いたのは堤さんからだった

宮藤　水田さんが主役は阿部くんでやりたいということだったので、僕としては逆に、すごく書きやすかったですね。

阿部　実は最初に主役ってことを聞いたのは堤さんの口からだったんですよね。

堤　そうそう。サダヲが主役でクドカンが書く映画があるんだけどっていう話をもらって、すぐにやりたいって言ったんですよ。そのあとでサダヲに会ったから、今度ヨロシクなって言ったら、『なんすか、それ？』って（笑）。

阿部　だから事務所の人から話を聞いたときは、そんなに感慨はなかったです（笑）。

堤　オレのせい？　ごめんね（笑）。

阿部　でも、堤さんと一緒にやれるのはうれしかったですね。柴咲（コウ）さんもそうですけど、プレッシャーを感じさ

阿部サダヲ

【あべ・さだを】

1970年4月23日、千葉県出身。92年より「大人計画」に参加し、大人計画作品の他、NODA MAP、劇団☆新感線などの舞台でも活躍。主なドラマ出演作に「木更津キャッツアイ」「ぼくの魔法使い」「タイガー&ドラゴン」「アンフェア」「医龍 Team Medical Dragon」「誰よりもママを愛す」ほか。パンクコントバンド「グループ魂」では、ボーカル・破壊として、05年の大晦日に行われた第56回NHK紅白歌合戦にも出場。主な映画出演作に『木更津キャッツアイ 日本シリーズ』『下妻物語』『北の零年』『真夜中の弥次さん喜多さん』『妖怪大戦争』『木更津キャッツアイ ワールドシリーズ』『ユメ十夜「第六夜」』『アンフェア the movie』ほか。

せない方たちなんですよ。僕が全力でやったものをそのまま全部受け止めてくれるから、すごくラクだったんですよね。堤さんがいる現場は常に明るくて、僕と柴咲さんだけになると会話が減って静かになる（笑）。そんなメリハリも僕的にはよかったと思いますね。

堤　サダヲは何をやっても面白いし、コメディでもシリアスな芝居でも、ちゃんと相手を感じてくれる。それはコウちゃんも同じだけど、そういう役者さんと一緒に芝居をやると、決め事が決め事じゃなくなって思いがけないことが起こる。で、そういうことに対してもみんなちゃんと対処できるから、やってて本当に楽しいんですよ。僕は自分が出てないシーンがどうなるかも楽しみだったんだけど、植木等さんが登場したり、画面の隅っこにオクレさんがいたり…ホント面白かった。やっぱり、いい役者さんと一緒に仕事ができるのは楽しいですよ。

宮藤　何がうらやましいって、伊東四朗さんと一緒にお芝居してるのがうらやましかった。なんてことない普通のセリフも伊東さんが言うとすごく面白く聞こえるんですよね。

阿部　すごく笑いが好きな方なんだなって感じましたね。もっと思い切り突き飛ばしていいよって言ってくださるんですよ。要するに加減してたら面白くないってことなんですけど、そういうのはいいなって。

――伊東さん演じる社長が公彦の旦那《だんな》みたいでしたよね。一社員のためにプロ野球のチームを買収してあげるって（笑）。

宮藤　そう言われるとそうですね。

堤　しかも伊東さんならやりそうな感じだしね。オレ、緊張してしゃべれなかったんだよ。

宮藤　そうなんですか。

堤　具体的に伊東さんの何が面白かったっていったら、やっぱり、〝電線音頭〟（デンセンマン&伊東四朗&小松政夫&スクールメイツ・ジュニアが歌い大ヒット）とかじゃない。だからその話をしようと思ったら、サダヲが先に全部聞いちゃって、その情報をオレに教えるから、もう話すきっかけがないんだよ。

阿部　初代デンセンマン（「みごろ！たべごろ！笑いごろ！」で大ブレイク）の中に入ってたのは、（北野）たけしさんの事務所、オフィス北野の森（昌行）社長なんですよ。

花街や舞妓さんよりも野球選手に怒られる？

宮藤　話変わるけど、阿部くんが野球選手になったときにケツがでかくなってたじゃない。あれ、面白かった（笑）。

阿部　お尻《しり》に詰め物しましたから。

堤　ケツの位置が腰やったからな。

宮藤　黒人みたいだったもんね（笑）。

阿部　あれは水田さんのこだわりですよね。

宮藤　野球選手はケツがでかいっていう（笑）。

阿部　あとビックリしたのが、試写を見たらオレ、オナラしてるんですよ。

宮藤　それはイタズラだよね（笑）。

阿部　四つんばいで歩けとは言われたんですけど、まさかそこにオナラの音を入れられるとは…自分でも笑っちゃいました（笑）。

宮藤　けっこう水田さんって足すんですよね。製作発表のときのセット（実際の撮影セット）が、僕はすごく不思議だったんですよ。こんな立派なステージセットを使うシーンなんて書いてないぞって。そしたらミュージカルのシーンだった。どうりで歌詞が短すぎるって言われるわけだ、と納得。だって台本では一ページ

堤 真一

【つつみ・しんいち】

1964年7月7日、兵庫県出身。JAC（ジャパンアクションクラブ）を経て俳優活動を始め、映画、舞台、TVドラマと幅広く活躍。05年の映画『ALWAYS 三丁目の夕日』では、第29回日本アカデミー賞最優秀助演男優賞をはじめ、数々の賞を受賞。主な映画作品に『弾丸ランナー』『アンラッキー・モンキー』『39【刑法第三十九条】』『DRIVE』『着信アリ』『フライ，ダディ，フライ』『姑獲鳥の夏』『ALWAYS 続・三丁目の夕日』（11月3日公開）など。

ないんですよ、あのシーン。

堤　あれはさすが元宝塚って感じだったよね、真矢（みき）さん。

阿部　なかなか宝塚の方と一緒に踊れる機会ってないですからね。楽しかったです。

宮藤　あと、高校生の堤さんの股間《こかん》を秋山菜津子さんが足で刺激するシーンとか、僕、あんなふうに書いてないですもん。

堤　あれ、オレの初日だよ。

宮藤　あははは。

堤　ーカット目からずっと股間をスリスリスリスリ…オレ、何してんやろって（笑）。

——そういえば、お二人とも高校時代も演じてるんですよね。

阿部　ドラフトのシーンで、イジリー岡田さんがパンチョ伊東さん（ドラフト会議の司会進行とメジャーリーグの解説で有名な元パ・リーグ広報部長、故伊東一雄氏）の役で出てるんですよ。映画では、ほんのちょっとのシーンだったんですけど、イジリーさん現場でずっとパンチョさんのモノマネやらされてました。『松坂大輔、投手、横浜高校』とか（笑）。何分くらいやってたのかな。おかしかったなぁ（笑）。

堤　楽しかったぁ。胴上げされるシーンがあるじゃないですか。そんな経験ないからさ。本物の高校生に胴上げされて、メチャクチャうれしかった（笑）。

阿部　楽しかったですねぇ。大阪ドームで撮影して、チームメイトがＮＯＭＯベースボールクラブ（野茂英雄が大阪・堺市に設立したアマチュア野球チーム）の選手たちですからね。キャッチボールとかさせてもらって、すごくうれしかった。

堤　僕なんかお座敷でユニフォーム着てるだけ。プロ野球選手役なのに野球やってるシーンがなかった。

宮藤　この映画で、舞妓さんとか花街の人に怒られるのはまだいいんですけど、野球選手に怒られるんじゃないかっていう気がするんですよね。僕の中で、なぜか野球選手って偏ったイメージがあって、堤さんの役が野球選手である必然性は全くないのに、真っ先に野球選手が浮かんできたもん（笑）。

阿部　デートしてるときもユニフォーム姿でしたからね（笑）。

宮藤　お座敷でもユニフォームだしね。自分が野球選手だってことを自慢してるわけですからね。お尻まででかくされて……いつか絶対野球選手に怒られるわ（笑）。あなんかサッカーじゃないんですよね。あと野球選手のほうが精子が濃い感じするんですよね。

高校生も芸妓もやりました

堤　内藤役は、役作りなんてしようがないじゃないですか。でも、設定自体は無茶苦茶ですけど、芝居の部分はちゃんと感情的なリアリティがあるし、そこは真剣にやりましたよ。

阿部　もしかしたらいるかもしれないいなくらいの気持ちで演じてますすね。面白いじゃないですか、こういう人がいたほうが。

宮藤　でも、実際舞妓さん狙いのカメラ小僧って多いんですすよ。

堤　そうなんだ？　ホントにいるんだ。

阿部　僕、祇園で見ましたよ。しかも、僕らの衣装よりもやりすぎてる恰好《かっこう》。ジーパンの半ズボンにサスペンダーで腰までの長髪をなびかせて走ってましたよ。

宮藤　どう考えてもお座敷には上がれないですよね（笑）。

阿部　ぞろぞろとついてくんですよね、舞妓さんのあとを。

宮藤　でも、話しかけたりはしないでしょ？

阿部　うん。

宮藤　そういう人たちが実際にいるんですよ。特に取材して書いたわけじゃない

宮藤官九郎【くどう・かんくろう】

１９７０年7月19日、宮城県出身。91年「大人計画」に参加。00年、TVドラマ「池袋ウエストゲートパーク」で脚光をあびる。ドラマ脚本に「木更津キャッツアイ」「ロケット★ボーイ」「ぼくの魔法使い」「マンハッタンラブストーリー」「タイガー&ドラゴン」「吾輩は主婦である」など。また、暴動の名で、「グループ魂」のギターを担当し、ミュージシャンとしての顔も持つ。その他、俳優、バラエティ番組の構成作家としても活躍。05年には『真夜中の弥次さん喜多さん』で監督デビューし、新藤兼人賞金賞を受賞。映画脚本に『ＧＯ』『ピンポン』『アイデン&ティティ』『ドラッグストア・ガール』『ゼブラーマン』『69 sixty nine』『木更津キャッツアイ ワールドシリーズ』ほか。

けど、やっぱり、いた。

――宮藤さんはお二人のお芝居はいかがでした？

宮藤　イメージ通りの楽しさでしたね。阿部くんの役は、台本を書いてるときから、とにかく一瞬たりとも感情移入のできない役にしようと思ってたんですよ。見てる人が、なんだコイツって思ったまま終わりたいな、と。一瞬たりともまともな状態がない人っていう。

阿部　（笑）。

宮藤　内藤に関しては脂ぎった感じがいいなと思ってて。実際、のし上がってくる過程はすごく面白かったですね。

阿部　でも取材を受けてると、公彦の気持ちがわかるっていう人もいらっしゃるんですよ。

堤　あははは。

宮藤　そんなわけない（笑）。書いてる本人がわかんないんだから。

阿部　泣いたって人もけっこういて、すげえなって思った。

――最後はお二人、舞妓さんの恰好で踊るってところまでいっちゃいました。

堤　恥ずかしかったわ。歌舞練場の舞台に二人で出ていった瞬間、観客役のエキストラさんたち、ほんまの爆笑やったから。

阿部　あははは。出オチですからね。あのあとつらかったですよね（笑）。

堤　真面目に踊らなきゃならなかったからな。で、サダヲが振りを間違えたんだよ。

阿部　すいません（笑）。

堤　それでやり直しになったんだけど、二度目はそんな爆笑ももらえないじゃない。エキストラさんたちも自分の芝居に入っちゃってるから、ものすごい恥ずかしかった。

阿部　あのときに舞妓の衣装を着て、初めて舞妓さんってエラいなって思った。ものすごく重いんですよ。衣装もカツラも。舞妓役の女優さんたちの大変さもわかったし、あれでずっと生活してる舞妓さんはスゴいなと。頭作っちゃったら何日かは崩せないんですよね。僕だったら絶対耐えられないです。

堤　オレ、もうちょっとマシかなと思ってたけど、キモチ悪かったよなぁ。

宮藤　そうですね（笑）。でも、あまりキレイでも面白くないですから、ちょうどいいバランスでしたよ。

京都の思い出
修学旅行の思い出

堤　僕は関西だから修学旅行は京都じゃ

ない。京都に行ったのは遠足ですね。

宮藤 僕は男子校だったから、男十人くらいが同じ班で行動してたんですね。嵐山に行ったら、川沿いのベンチに学校さぼってジュース飲んでる女の子がいたんですよ。同い年くらいの。その子をみんなで取り囲んで、電話番号と住所を聞き出して、東京に帰ってから文通をしたんですよ。10対1で。

堤 あははは。

宮藤 意外と誰も飽きなくてけっこう長く続けてたんですけど、ある日その子から、『入院することになったから、もう手紙は寄こさないでください』ってハガキが来たんです（笑）。でも、一人だけハガキじゃなくて手紙をもらったヤツがいて、どうやらその子はそいつのことが本当に好きだったみたいで…。

阿部 じゃあ手紙の男とだけ文通しようとしたんだ。

宮藤 いや、手紙も、入院することになりましたまでは同じなんだけど、そいつのには『好きでした』的なことが書いてあったの。ああ、オレじゃないんだって、かなり悔しかったですね（笑）。

阿部 いい話ですね。僕の修学旅行の思い出は…僕の班の次に夕食をとった班が食あたりになりました。

堤・宮藤　あははは！

阿部　次の日別行動みたいな（笑）。僕は嵐山にある北野インドカレーでマグカップを買うというのが修学旅行の大目標で、それを達成したら、あとはどうでもよかったな。

堤　僕の場合は京都＝修学旅行じゃなくて、ＪＡＣ（ジャパン・アクション・クラブ。現ＪＡＥ）の養成所が京都にあったんですよ。だから、京都のイメージというと修業の場って感じかな。

――京都ロケで新たな発見はありました？

阿部　みんな自転車に乗ってましたね。自転車でどこでも行けるんですよね。

堤　京都は狭い街だからね。

阿部　あと修学旅行のシーンを撮ってたとき、なぜか知らないけど京本政樹さんが現れたんですよ。『撮影？』って（笑）。近くで映画を撮ってたみたいで、メイクした顔でしばらくディレクターズチェアに座ってらっしゃいました。あれはすごく京都っぽい光景だったなぁ（笑）。

堤・宮藤　（笑）。

宮藤　堤さんは京都の撮影所でのお仕事は？

堤　少ないかなぁ……。

宮藤　いや、京都の撮影所って昔気質《かたぎ》のスタッフさんが多くて、東京から行くと大変だっていう話をよく聞くから、実際どうなのかなって。

堤　一度、ＮＨＫの仕事で撮影所を借りたことがあったんだ。そのときの殺陣《たて》師さんが、昔、ＪＡＣ時代にちょっと知ってた人で、会うなり、『お前、何今ごろ京都来とんねん』って。

宮藤　スゴいですね。

堤　『よう帰ってきたな』って（笑）。京都ってそういうところなんだよ。よそ者はなかなか受け入れてくれないけれど、一度受け入れたら家族のような関係になれる。

宮藤　街自体が一見《いちげん》さんお断りなんですね。でも、シナリオを書くときは、実際に舞妓や花街の内側を知っちゃうとヘンに感情移入しちゃって、花街の世界は素晴らしいっていうのを前提に書いちゃいそうな気がしたんですよ。今までこの世界を扱った作品は、みんな内側に入り込んで描いてるから、どうしてもそういう前提にならざるをえない。でも、この映画でそれをやっちゃいけないと思ったんです。こんなにも大変だとかこんな苦労があるというのは情報としては必要だけど、中に入ってまで知る必要はないかな、と。それはよかったと思います。ただ、

あの台本ですからね。花街の撮影では苦労をかけたみたいですけど（笑）。

堤　まぁ花街の世界自体、現実的じゃないから、こんなふうにとことんエンターテインメントに徹して、面白く描いた映画があってもいいんじゃないの。

阿部　見ると元気になりますよね。

宮藤　というよりも元気な人が出てる映画ですよね（笑）。

阿部　元気な人を見て、元気になってください（笑）。

お・ま・え　ローテンションガール
グループ魂に柴咲コウが

作詞＝宮藤官九郎
作曲／編曲＝富澤タク

機嫌悪いの？（別に）
具合悪いの？（別に）
目つき悪いの？（え？）
調子悪いの？（♪ちょっとね）
縁起悪いの？（♪別に）
電波悪いの？（♪別に）
目つき悪いの？（♪放っといて）
俺が悪いの？（そうかもね）

♥埋まらない　この温度差
　これでも結構楽しいんです

♠マジかよ　お前のテンション（ローテンション！）
　絶叫マシンで寝る女
♥ありえない　あなたのテンション（ハイテンション！）
　ドン・キホーテで全力疾走
♠お前の笑顔が見たくて　さっき10万おろしたぜ！

お腹痛いの？（別に）
しんどいの？（え、何が？）
誰か死んだの？（犬が）
喪中なの？（♪死んでない）

♠♥埋まらない　この温度差
まるで目を開けたまま寝てる人

♥もう限界　私のテンション（ローテンション！）
横になりたい　今すぐに
♠まだ行ける　俺のテンション（ハイテンション！）
キックボードで高速乗っちゃった！
お前の笑顔が見たくて　知らない人に笑われた

沖縄　お台場　浦安　グアムサイパン
ワニ園　バナナ園　バナナワニ園　公園　叙々苑　10万円
あげてもあげてもあがらねえ！

♥気にしないで　私のテンション（ローテンション！）
ちなみに今日　誕生日（うそーん！）

♠ありえない　お前のテンション（ローテンション！）
映画見ながら仮死状態
♥もうやめて　あなたのテンション（ハイテンション！）
土下座でタクシー止めないで
♠お前の笑顔が見たくて　恐竜のタトゥー入れたぜ
♥あなたの笑顔見てたら　テンションちょっと上がったわ
♠♪気のせいだ

舞妓Ｈａａａａｎ!!!

脚本　宮藤官九郎
監督　水田伸生

阿部サダヲ＊鬼塚公彦
堤　真一＊内藤貴一郎
柴咲コウ＊大沢富士子（駒富士）

小出早織＊駒子
京野ことみ＊小梅
酒井若菜＊豆福
キムラ緑子＊良江
大倉孝二＊大下
・
生瀬勝久＊先崎部長
・
山田孝之＊修学旅行生
須賀健太＊カメラ小僧
Ｍｒ．オクレ＊老社員
日村勇紀（バナナマン）＊カメラ小僧
山谷初男＊カメラ小僧
北村一輝＊医師
植木　等（特別出演）＊斉藤老人
木場勝己＊玄太
真矢みき＊こまつ
吉行和子＊さつき
伊東四朗＊鈴木大海

主題歌　グループ魂に柴咲コウが
「お・ま・え ローテンションガール」
（Ki/oon Records）

製作指揮＊三浦 姫
製作＊島谷能成
星野義朗
西垣慎一郎
平井文宏
大月 昇
長坂まき子
若杉正明
エグゼクティブプロデューサー＊奥田誠治
Coエグゼクティブプロデューサー＊神蔵 克
音楽＊岩代太郎
プロデューサー＊飯沼伸之
久保理茎
撮影＊藤石 修（J.S.C.）
照明＊長田達也
美術＊清水 剛
録音＊鶴巻 仁
編集＊平澤政吾
装飾＊秋田谷宣博
衣装デザイン＊伊藤佐智子
VFXスーパーバイザー＊小田一生
協力プロデューサー＊赤羽根敏男
キャスティング＊明石直弓

監督補＊相沢 淳
助監督＊蔵方政俊
制作＊ビーワイルド
オリジナルサウンドトラック＊Ki/oon Records
企画・製作＊日本テレビ
製作＊日本テレビ
東宝
S・D・P
読売テレビ
バップ
読売新聞
大人計画
ビーワイルド
STV・MMT・SDT・CTV・HTV・FBS
配給＊東宝

舞妓Haaaan!!!《まいこは――ん》

平成十九年六月十一日　初版発行

著　者＊宮《く》藤《どう》官《かん》九《く》郎《ろう》
発行者＊井上伸一郎
発行所＊株式会社角川書店
　東京都千代田区富士見二―一三―三
　〒一〇二―八〇七八
　電話／編集〇三―三二三八―八五五五
発売元＊株式会社角川グループパブリッシング
　東京都千代田区富士見二―一三―三
　〒一〇二―八一七七
　電話／営業〇三―三二三八―八五二一
　http://www.kadokawa.co.jp/
印刷所＊旭印刷株式会社
製本所＊本間製本株式会社

ISBN978-4-04-873785-2　C0093
JASRAC 出0706945-701